费尔南多·佩索阿像
郑龙一海　作

费尔南多·佩索阿像

郑龙一海 作

诗苑译林

每天都在悲欣交集中醒来

费尔南多· 佩索阿诗选

FERNANDO PESSOA

[葡] 费尔南多·佩索阿——著
杨子——译

湖南文艺出版社

不用思想，只用眼睛

——《每天都在悲欣交集中醒来》译序

杨子

对于一个非虚构作家来说，想要撰写一部佩索阿传记恐怕是不可能的事情——他的生平像一幅极简的草图，要紧处只有若隐若现的线索，没留下可以作为证词的连贯并且翔实的细节。所以，十有八九，读者会在阅读他的诸多作品，领教过他诗歌和散文中那些人物的古怪和神奇后发问：是那个佩索阿吗？比如那个写了《惶然录》、佩索阿为他作序的半异名者伯纳多·索阿雷斯，那个“坐着的时候腰弯得很厉害……总是吃得很省，然后总是抽一支用廉价烟草卷成的香烟……脸上经常有暗云浮现……声音喑哑……因为没有什么地方可去，没有什么事情可干，没有什么朋友可以拜访，也没有什么有趣的书可读，所以每天晚饭以后……用写作来打发漫漫长夜”的公司职员，是佩索阿吗？

皮特·瑞卡德的这份速写让我们得以一瞥佩索阿一闪而逝的真容，与上述那位卑微的小职员绝对不是同一个人：

相当奇异的步态，急动的手势。无边或金边眼镜，窄小的嘴唇上一小撮胡须。着装整洁，甚至过分讲究。
非常绅士，谦恭有礼，谈吐精练，很好的倾听者，嗜
烟，越来越严重地沉溺于酒精（这导致了他的早逝）。
神经质的，双肩颤抖的笑……

而诗人的朋友皮埃尔·乌尔卡德笔下生命最后阶段的佩索阿给人的感觉又像是一个非肉身的幽灵：

当我向他说再见时，我从不，从不敢回头看他；
我害怕自己看见他消失，消融在空气里。

有关他更重视不思不想的所思所想，有关存在与不存在，有关我与非我，有关梦与真，有关想象世界与客观世界的平行以及相互渗透，他本人留下了总量惊人的文字——两万多件作品，可以说都是在勾勒一幅，或者说一遍遍重涂他本人的精神肖像，一次次逼近和抵达内心的真实。在强调他的某些特殊认知这件事上，可以说他执拗到不厌其烦、不惮重复。这种重涂不是油画的那种覆盖——新的覆盖旧的，而是令他的形象更鲜明，或者说更多面，更复杂。

1888 年 6 月 13 日，费尔南多·安东尼奥·诺盖拉·佩索阿（Fernando António Nogueira Pessoa）出生于里斯本，父亲约阿基姆·德·西伯拉·佩索阿是一位业余音乐评论家。他们家正

对着里斯本歌剧院，小时候佩索阿跟父亲去那儿看过演出。母亲玛丽亚·玛德莱娜·诺盖拉·佩索阿受过良好的教育，在佩索阿很小的时候就教他读写。1893 年 7 月，父亲在他刚满五周岁时死于肺结核。六个月后，小弟弟夭折。不久母亲改嫁驻德班的葡萄牙国领事。1896 年 1 月，佩索阿随母亲乘船去德班。三年后进德班高中，在那儿接受了一流的英文教育。1903 年大学预考时，他的英语作文在 899 名考生中拔得头筹，获维多利亚女王纪念奖。

同学们都喜欢他，但他并不热衷于结交朋友。他对德班城及其周边地方没留下多少印象，完全沉浸在英国文学里——莎士比亚和弥尔顿，浪漫主义诗人雪莱、拜伦、济慈和华兹华斯，小说家狄更斯和散文家卡莱尔。他喜欢的美国诗人是惠特曼和爱伦·坡。

17 岁那年他回到里斯本，次年考取里斯本大学文学院，攻读哲学、拉丁语和外交课程，常去国立图书馆阅读古希腊和德国哲学家的著作，继续用英文写作。不久，他因学生罢课而辍学。开过一家很快就倒闭的印刷所，后来去商业机构任职，工作是翻译和草拟英文或法文商业信函，业余时间都用来研究文学、哲学、玄学、神秘学和星象学，将这一切糅入自己的创作。这一阶段，他接触了包括波特莱尔、魏尔伦和兰波在内的法国诗人的作品。

从南非回国后，他先是住在姨妈阿妮卡家，1906 年 10 月与从南非回国度长假的家人住公寓，1907 年 5 月家人回德班后和两位堂婶还有祖母住在一起，第二年11月开始住公寓。1912年再次住到姨妈阿妮卡家里，1914年底阿妮卡姨妈和女儿女婿去瑞士，接下来的六年佩索阿住在出租公寓。1919年继父去世。1920年，母亲带着和继父生的三个大孩子回到里斯本。两个同母异父的弟弟很快去了英国，入读伦敦大学，婚后在英国定居。佩索阿和母亲、同母异父的妹妹恩里克塔租了一套公寓。这是佩索阿最后的居所，一直住到1935年他去世（佩索阿母亲1925年去世）。

1920年佩索阿对所在公司19岁打字小姐奥菲莉亚·凯洛兹一见钟情，数月之间，与她书信不断。后来由于身体欠佳，中断了通信和往来。十年后与奥菲莉亚重逢，恢复了书信联系，很快又为了文学（很可能还有别的原因，比如他在诗文中反复流露出的对于婚姻和家庭生活的恐惧）割断这份情缘。

1912年，佩索阿以两篇评论文章（《从社会学角度看葡萄牙新诗》和《从心理学角度看葡萄牙新诗》）初试锋芒，冒犯了文坛保守势力，遭到围攻。

墨西哥诗人奥克塔维奥·帕斯认为，佩索阿最早的散文、以自我寻找为主题的《奇异的丛林》已经预示了他写作的实质，“那些年他寻找他自己；不久他就要开始发明他自己”。

1913年他结识了画家阿曼达·德·内格雷罗斯和作家马里奥·德·萨-卡内罗，加上其他几位年轻人，形成一个志同道合的组织，发誓要复兴语言、思想和美，致力于创建能与法国和意大利的现代主义抗衡的葡萄牙未来主义，先后办了几份短命的文学刊物——《流放》《奥菲欧》和《葡萄牙未来主义》。《奥菲欧》出了两期，《葡萄牙未来主义》只出了一期。

之所以有“葡萄牙未来主义”，是因为通过人在巴黎的卡内罗，佩索阿发现了意大利未来主义诗人菲利波·马里内蒂和艺术家翁贝托·波丘尼，了解到这个20世纪现代主义先驱流派的爆炸性魅力。

《奥菲欧》上刊登的卡内罗和佩索阿的作品带有暴力和颓废色彩，引发了评论家、媒体记者和公众的愤怒，“辱骂之后嘲弄，嘲弄之后静默”。卡内罗回到巴黎，1916年4月26日在巴黎一座旅馆里自杀。佩索阿发在《葡萄牙未来主义》上的作品同样受到严厉批评。杂志和运动固然短命，但是葡萄牙的未来主义已经赢得胜利——佩索阿以坎波斯之名发表了重要作品《凯旋颂》和《海洋颂》。未来主义的电流和惠特曼海洋般的伟力已经注入这位年轻诗人的躯体。

1918年佩索阿自费出版了英文诗集《安提诺乌斯》和《35首十四行诗》。1921年他创办小型出版公司Olisipo，当年12月出版了自己的两本英文诗集，其中一本是《安提诺乌斯》修订版。生前发表在《复兴》《流放》《世纪》《雅典娜》《当代人》这些期刊上的诗歌只是他作品的一小部分。他的第一部葡萄牙文诗集《使命》出版于1933年。直到去世，他只在葡萄牙为人所知。

早在1905年，佩索阿就清楚地意识到自己是一个怎样的诗人，“自从我意识到我自己，我就感知到，我的自我中存在着天生渴望神秘的倾向，渴望艺术化地说谎。此外，这种对精神的强烈之爱，对神秘的强烈之爱，对朦胧的强烈之爱，毕竟都只是我的另外一种形式的特性，是一个变种，我的性格就是忠于直觉……”

写于1910年的一篇随笔精准地刻画了他本人的精神面貌。他的诗歌，他的任何文字，都是这种精神在一张白纸上的投影——

> 我是一个受到哲学鼓舞的诗人，而不是一个会写诗的哲学家。
>
> 诗歌存在于万事万物之中……城市中也存在诗歌……诗意存在于轰轰从街上驶过的汽车里，存在于一个工人微小、普通并且可笑的动作中，他正在街道的另一边为肉店画招牌……在这一生中，我看待事物的方式与其他人不一样，对此我深信不疑。对我来说，在像一把门钥匙、墙上的一枚钉子、一根猫咪的胡须这样的可笑东西中，存在着，或者说曾经存在着，丰富的含义……在一个有风的日子，两张脏纸翻滚着，互相追逐着被卷过大街，对我来说，它们之中存在的意义比人类的恐惧还要深刻……

读者想要免于被不恰当的评论引入歧途或增加不必要的负担，直接阅读佩索阿本人的招供，是最省力最有效的方式。以下这段文字同样写于1910年——

> 我的精神由犹豫和怀疑组成。对我而言，没什么是积极的，也不可能是积极的；一切事物都围绕着我摆动，我和它们在一起，由此对我自己产生了一种不确定。对我来说，一切都毫无条理，都在变化之中。一切都是神秘，一切都有意义。一切都是未知的“未知”象征。因此会产生恐惧、神秘和过于智慧的恐惧。
>
> ……我的全部生活一直都是逆来顺受，都是一场梦。无论是从身体上还是从心理上，我的性格就是憎恨、恐惧和无法做出果断行动和产生明确的想法……我的作品不是那些完成的作品；新的思想随时都会侵入……我无法阻止我的思想不去憎恨完整；针对一个事物，我会产生一万个想法，这一万个想法中出现了一万个互相联系，我不愿意消除和压制它们，也不愿意将它们都集中成一个想法……
>
> 我的心智特点在于我憎恨事物的开头和结尾，因为它们是明确的两个点。找到办法，解决科学和哲学上最严重、最崇高的问题，这样的想法折磨着我……

打开《惶然录》（即《不安之书》），在随意翻到的一页读到两段文字，立刻发现，其中每一句都在提示佩索阿是怎样一种特异的存在——

> 我总是在思想、在感觉，但我的思想没有逻辑，我的感觉没有情感。我正在从高处的暗门坠下，穿过整个无垠的空间，一次没有方向的、绝对无限大的、空虚的下坠。我的灵魂是一个黑色的旋涡，是环绕真空的眩晕，是围住虚无中一个大洞的巨大海浪冲击。翻滚的海水里浮现出我在世上见过、听过的一切——房屋、面孔、书箱子、片段的音乐和人语，全在一个无底的险恶旋涡里。

在这大混乱中，我，真正的我，是只有在深渊几何结构里才有的中心点：我是一切旋转物所环绕的虚无，只为它们的旋转而存在，只因为一切圆都要有圆心而存在。我，真正的我，是一口井，没有井壁却有井壁的黏性，是万物中心而周围却空无一物。

“佩索阿”在葡萄牙文中是“个人”和“面具”的意思。对佩索阿来说，这个名字有着太强烈的宿命色彩，似乎他命中注定要在一个又一个面具之下度过一生。佩索阿作品英译者之一埃德温·霍尼格说：“在佩索阿的作品中寻找另一个他是一件永远都不会完结的事。所谓‘他’，就是诗人在同时掩盖和揭露的‘本我’……遮掩的目的在于揭露，乔装的目的在于揭开——从一个身份转移到另一个身份……佩索阿之所以勇气不凡，在于他这一生中都坚持做其他人。这就好像他一方面不断地让自己重生；另一方面又允许自己废弃自己，不再存在——变成虚无。”

早在 6 岁的时候佩索阿就开始跟他虚拟的一个名叫希瓦里埃·德·帕斯的小伙伴通信，还为这个小伙伴虚构了一个对手。在德班读书时，佩索阿发明了他最早的另一个自我——作家查尔斯·罗伯特·阿农。很快，又有一个多产作家亚历山大·瑟奇加入进来。瑟奇与佩索阿同一天出生在里斯本，像阿农一样，表达的是对理性的关切和身在成年前门槛上的焦虑。佩索阿作品另一位英译者理查德·齐尼思认为，“某种程度上，佩索阿永远停留在那道门槛上”。瑟奇抗拒生活中的实际事务，苦思冥想大问题：上帝的存在，生死奥义，善与恶，爱的理念，意识的界限……

佩索阿在他的写作生涯中创造了很多面具，这些面具被他称为异名者和半异名者，他们各有各的生平、个性、思想和政治、美学及宗教立场。他们是佩索阿杜撰的一个文学团体里的成员，成员之间互有书信往来，甚至互相品评和翻译对方的作品。

埃德温·霍尼格说：“佩索阿一生未婚，而他的异名者就是他的家人。”

1914 年，三个伟大的异名者从天而降——卡埃罗、坎波斯和雷耶斯。这是佩索阿创造的众多面具中最重要的三个。这三个异名者是如何发明出来的，佩索阿在 1935 年 1 月 13 日写给友人阿道夫·卡塞斯·蒙蒂洛的信中有所透露。

“那是 1914 年 3 月 8 日，我伏在一个很高的桌子上，拿了一张纸，站在那儿写起来。我在一种难以描述的迷狂中写了三十多首。这是我一生中的凯旋日。再也不会有那样的一天。我从标题‘恋爱中的牧羊人’开始。然后就像某人的神灵进入了我，我立即给了他一个名字——阿尔贝托·卡埃罗。”

研究者从手稿发现，一口气完成三十多首并不确切，但佩索阿的确在那一年3月的两周多时间里完成了将近三十首。

卡埃罗以佩索阿最好的朋友卡内罗为原型。卡内罗26岁生日前不久自杀，卡埃罗同样死于26岁。正是卡内罗当初劝佩索阿尝试异名者这一方式。

卡埃罗自幼失去双亲，只受过小学教育，杰作《恋爱中的牧羊人》就托在他的名下。他写自由诗，赋予感觉至高无上的地位，反对任何多愁善感。

阿尔瓦罗·德·坎波斯是佩索阿为卡埃罗安排的一名追随者。坎波斯在格拉斯哥学习船舶工程，一度漫游东方。在英国居住的几年里，同时与年轻男子和女性暧昧不清。回葡萄牙后定居里斯本。坎波斯是卡埃罗的分支，“德·坎波斯”意为“来自田野”，阿尔瓦罗来自卡埃罗放牧的他想象的或隐喻的羊群。坎波斯对科技、机器、航海和海盗充满兴趣，一个愤世嫉俗的人道主义和原始存在主义的混合体。

紧跟着坎波斯出现的是两年前已在佩索阿心中浮现的角色

雷耶斯。雷耶斯出生于波尔图，是受过古典教育、深受伊壁鸠鲁哲学影响的一名医生。1919 年君主主义者控制了波尔图，但保皇党军队很快被击溃，保皇党同情者雷耶斯逃往巴西。佩索阿称他为“用葡萄牙语写作的希腊式贺拉斯”。他的诗歌书写的是生命的虚空，声称必须接受命运，带有及时行乐的思想。

雷耶斯和坎波斯都是卡埃罗的门徒，卡埃罗是他们的异教领袖。帕斯在谈论卡埃罗的重要性时说：“卡埃罗是太阳，他的轨道上运转着雷耶斯、坎波斯和佩索阿。每个人都有否定或非现实的成分。雷耶斯相信形式，坎波斯注重感受，佩索阿喜欢象征。卡埃罗什么都不信。他只是存在着。”

佩索阿假托雷耶斯和坎波斯之名撰写的介绍和评价卡埃罗的文章，是我们理解这位伟大异名者作品的指南。雷耶斯说卡埃罗最大新奇之处，是他“几乎令人难以置信的客观性”——

> 他只用眼睛去看万物，却不会用心。当他看着一朵花，他不会让任何想法产生。他从石头中看不到启示……对他来说，石头包含的唯一启示在于石头是一个存在。石头告诉他的唯一一件事就是它没什么可以告诉他。……这种看石头的方式或许会被描述为毫无诗意的看石头方式。关于卡埃罗有一个惊人的事实：正是在这种感情下，或者说，正是在没有感情的情况下，他创作诗篇……

> 他的诗就是“感觉主义”，其基础在于用感觉替代思想……

有关卡埃罗和惠特曼的区别，雷耶斯也说得很透彻——

> 惠特曼也在努力去看，不过他不是要看清楚，而是要看得更深刻。卡埃罗只是看到物体，尽可能努力将其与其他所有物体分开，与那些不属于这个物体的感觉或思想分开。惠特曼的做法正相反：他努力将其他所有物体和这个物体联系起来，和灵魂、宇宙、上帝联系起来。
>
> 惠特曼那种暴力又民主的感觉与卡埃罗对各种博爱主义的厌恶形成了鲜明对比，惠特曼对各种具有人性的事物都有兴趣，卡埃罗则对人类的感觉、痛苦或快乐都冷漠以对。

卡埃罗认为“真实是世上最宝贵的特性”。他致力的工作之一便是清除人们自以为是地堆砌在事物上的东西，在他眼里那无疑是一种伪饰和限定，妨碍人们抵达事物的真实。

在他看来，感觉拥有压倒一切的重要性。他对哲学家们弄出的概念不屑一顾，因为概念将万物缩为一物，将宇宙的丰富性贬为单调乏味，将活泼泼彼此千差万别的生命变为毫无分别的僵死的雷同。他反对抽象，反对形而上学，反对神秘主义，反对思考，反对寻求事物的意义，反对说出（因为“说出以前被人思考过”），反对分类（将同类事物塞进同一个抽屉里），反对类比（“为何我要拿自己跟一朵花相比”），反对整体和总体，甚至极端到反对任何命名（“错误地为事物命名毫无用处，我们不该将名字强加给它们。”）。他要的是实在地、具体地、分别地、独一无二地感受事物——仅仅是看（“我唯一想做的只是看，好像我没有灵魂。我总是想看好像我什么都不是仅仅是一双眼睛。”）、听和触摸（“触碰让我感觉到我是事物的一部分”），而不是用人类自以为是的思考扭曲事物——

为何把水叫做姐妹如果水不是姐妹？

……

最好叫它水，因为它是水，

更好的办法是，不用任何名字叫它

只是喝它，用腕部感觉它，凝视它，

根本不用名字。

——《“今天有人给我读阿西西的圣方济各”》

译完这部佩索阿诗选的某天，我突然觉得佩索阿很像维特根斯坦。他厌恶哲学和哲学家，因为他自己是更好的哲学家——一个拨开重重迷雾，见到世界和事物真相的哲学家。没过几天，网上搜到的一篇阿兰·巴丢的文章——《哲学任务——成为佩索阿所代表时代的人》，证实了我的想法。

理查德·齐尼思也认为卡埃罗的诗很哲学："卡埃罗自称'仅有的自然诗人'，但他的自然景观是观念的，他对自然的了解是抽象的，他的诗几乎是纯哲学。"在佩索阿的作品中，类似《"真实，谎言，确定，不确定……"》这样的哲学诗绝非例外，《恋爱中的牧羊人》组诗第40首也是充满辨析色彩的哲学诗——

一只蝴蝶在我前边飞
有生以来头一回我注意到
原来蝴蝶既无色彩也不运动
正如花朵既无香味也无色彩。
色彩是蝴蝶翅膀上有色彩的那个东西。
在蝴蝶的运动中那运动是正在运动的那个东西。
香味是一朵花的香味中有香味的那个东西。
蝴蝶只是蝴蝶。
花朵只是花朵。

这样的诗让人想起古希腊哲学家芝诺的"飞矢不动"，让人想起禅宗的"桥流水不流"，也让人想起维特根斯坦。下边维特根斯坦所举的例子，可以证明他对于表达的考察何其精微。在《蓝皮书》开始部分，他就提到"涉及哲学混乱的重要根源之一"——"一个名词促使我们去寻找一个与它相对应的事物”，而佩索阿之所以反对命名和概念，恰恰因为事物之名及其概念远远无法穷尽它们相对应的事物。

> 在我前面放了一枪，我说：“这声枪响不像我所期待的那样响。”有人问我：“这怎么可能呢？是否在你的想象中有一声比这声枪响更加响亮的枪响呢？”我必定会承认（我的想象中）没有那样的枪响。现在他说：“那么你没有真的期待一声更响亮的枪响。——也许是枪响的影子。——你从哪里知道它是一声更响亮的枪响的影子？”——我们很想看看在那种场合下可能真的发生什么。也许，当我期待爆炸声时，我会张开嘴，紧紧抓住什么东西以防跌倒，也许我会说：“这将是多么可怕。”当爆炸过去以后，“它不是那么响”。——我身体中的某种紧张感松弛了。可是，什么是这种紧张感、张开嘴等等与真实的响声之间的联系呢？也许，这种联系是通过我早先曾听见过声响和有过上述这种经验而建立起来的。

阿兰·巴丢对佩索阿评价之高令我震惊。他认为哲学家面对佩索阿这一难题，或者说面对这堵困住当今哲学的高墙，显得非常无能，因为无人可以穿墙而过，无人可以直抵佩索阿生命的核心——“还没有能配得上佩索阿的哲学思想”。在提到佩索阿著名的异名者时，他说，“在和维特根斯坦同时（或者差不多时间），佩索阿独立提出了一种最最激进的将思想等同于语言游戏的方案”。

在探究真理或真相时，佩索阿和维特根斯坦一样，都有一股在别人早已止步之处继续往前推进、向着无穷的可能性切割下去的决绝劲头，不肯有半点妥协含混。很多时候，佩索阿是以诗歌之刃切入存在之混沌，或者说，他是以直觉之刃劈开认知之路上叠床架屋的遮蔽物，让生命和宇宙真相犹如天平上一颗跳动的心脏，赤裸裸呈现在我们面前。这使他非常现代，现代到如果今天出现这样一位诗人，照样会让我们大吃一惊。

哈罗德·布鲁姆推崇卡埃罗和坎波斯，认为雷耶斯“只是一位有趣的小诗人”。有关雷耶斯，雷耶斯自己是这么说的，“雷耶斯虽然是个新古典主义者，可他从骨子里相信有异教神明的存在……他看万物是通过……异教信仰”，“我相信众神的存在，我相信他们无限的数量，以及人类上升为神的可能……”。这位现代异教徒选择“同时做一个伊壁鸠鲁主义者和一个斯多葛主义者”，他确信“在此世上每一个被扭曲的行为都是徒劳，每一种不知所以的思想都指向虚无”。

他频频提及众神，但并不以古希腊众神为至高神灵——“我们信仰的是那些未来的神。”他将基督视为众神的一员——“基督是另一个神，一个也许失踪的神。”他内心悲观，认为一切都会消亡，应及时行乐，却又认为爱会造成压迫，宁愿不要爱。对于凡人的妄念，他非常警觉，“你或许是凯撒大帝，又有何用？享受你那小人物的乐趣吧”。他相信，“那些将他们的欢喜放在卑微事物/身上的人是快乐的”。

雷耶斯诗歌中最令人惊诧的当属《棋手》。透过这首诗，我们可以发现，雷耶斯与卡埃罗同样“对人类的感觉、痛苦或快乐都冷漠以对”。这首叙事诗在以贺拉斯式古典抒情诗为主的雷耶斯诗歌中属于异类，形式不同，情感方面也由淡泊、抑制、宿命推向一种艺术家的极端——两名棋手岿然不动，凝神于对弈，任由侵略者在一箭之遥的地方杀人放火，疯狂劫掠，蹂躏他们的妻子儿女。我怀疑布鲁姆忽略了这首诗，而这样一首诗恰恰是佩索阿极其复杂的心灵图景中的一个“刺点”。

与雷耶斯一样，坎波斯也是卡埃罗精神上的门徒，但在诗艺上，他是惠特曼和未来主义的混合。他的性格与雷耶斯、卡埃罗和“佩索阿本人”截然不同，太激烈，太极端，视芸芸众生为垃圾，对自己强烈不满，陷入“什么也不是”的悲愤处境，宁愿就此完蛋——或许，这才是此时此刻的佩索阿，置身时代漩涡和现代思潮中的佩索阿，“满心悖论，灵魂无能”。坎波斯的诗歌常采用近乎散文的自由体，有时一句长达数十音节，描绘了对于惠特曼精神的迷狂体验，以及未来主义者眼中的机器时代和城市景观——

震怒的疯狂！要哀嚎、要蹦跳，

咆哮，胡言乱语，跳跃，翻筋斗，我的身体大叫，
要紧绑在车轮上被碾压，
要卷入即将击落的回旋的鞭绳，
要做所有狗的婊子，而它们还不满足，
要做所有机器的旋动轮，而它们的速度有限，
要做那个被压碎的，被抛弃的，脱位的，完成的，
来和我一起舞蹈这愤怒，沃尔特，在另一个世界，
在土风舞中与我一起摇摆，撞击星体，
和我一起筋疲力尽摔倒在地，
和我一起疯子般撞向墙壁，
和我一起崩溃，一起碎裂，
融于一切，穿过一切，环绕一切，在一切之外，
在灵魂的大旋涡中激起身体抽象的狂怒……

——《向惠特曼致敬》

嗨，大街！嗨，广场！嗨，人群！
每一位过客，每一位只看不买的顾客！
商贩；无业游民；身穿夸张行头的骗子；
一眼便可认出的高级会所会员；
潦倒的犹豫不决的人；面无表情心满意足喜欢家庭生活的男人们
一切都是父亲的，就连横跨背心两个口袋的金表链也不例外！

……

——《凯旋颂》

《烟草店》是坎波斯的杰作。疯狂，激烈，悲愤，长长的句子，强力的节奏，不是精雕细刻，而是放纵一颗失控的心沿着危险的大曲线游走或飞行，狂飙巨浪般突进，但毫无漫漶失控之感。诗中突出的是现代社会一个百无一用的失败者的形象。

以睥睨的目光扫视众生，自我放逐于社会和人群之外，戴上流浪汉和寄生虫的面具，百般受虐，一副天下第一可怜人倒霉蛋面目，又绝对不肯回到人群中去，这种悖论在《重游里斯本（1923）》、《直行的诗》和《“我们在里斯本商业街偶遇”》中表达得淋漓尽致。

局促于室内，陷在椅子里百无聊赖，走到窗前，面对世界的虚无和不确定、事业的徒然和自我的模糊不清，面对存在感的丧失，内心是无尽的犹豫和放大的荒诞感，从头到脚眩晕，不可能向行动迈出一步——“我是谁？我从哪儿来？到哪儿去？”的永恒之问在坎波斯笔下处理得既深邃无边又触手可及。

“佩索阿本人”是佩索阿用来区别于异名者的一个文学人物，轮番扮演形形色色的分支角色，诸如抒情诗人佩索阿、秘教诗人佩索阿、经验主义者佩索阿、民族主义者佩索阿、大众诗人佩索阿或幽默作家佩索阿。“佩索阿本人”名下的诗都是格律诗。

“佩索阿本人”的作品中很容易认出佩索阿总体的精神气息：这个永远嘲讽“恋家者”的诗人仍然在他的大梦中，仍然不知道自己是谁，仍然受困于生命之徒然，仍然没有男欢女爱，没有一个家，貌似凄凉却又觉得“我经受的是另一回事情”，仍然“什么也不乞求”，仍然在逃亡的路上——逃离一成不变的自我。

“佩索阿本人”这一辑中最不同的，是那首与佩索阿绝大部分诗歌的体温和色调迥异的《在利马的一夜》。这件由诗人留下的十来个完成或未完成诗节拼贴起来的作品，或许非常接近于一把打开佩索阿异常人格的钥匙。如果我们不夸大他的民族主义色彩的话，就会发现，或许他本人和他作品呈现出的以丧失感为底色的所有精神撕裂，很大程度上都源自母爱的丧失。

在给朋友西蒙斯的一封信中，佩索阿探索了挚友卡内罗的诗歌为何缺乏人性的温暖，对此作了一番心理分析，认定之所以这样，是因为卡内罗两岁失去了母亲。“我注意到那些没有母亲的人总是缺乏温柔，不管他们是否是艺术家，不管他们的母亲是死去了，还是仅仅冷漠遥远。区别在于：那些没有母亲的人把温柔内转，用自己代替从不存在的母亲；那些因为母亲的冷漠而缺乏母爱的人，则会丧失温柔的天性，因为爱的剥夺而成为愤世嫉俗的，古怪的孩子。”《在利马的一夜》告诉我们，母爱对于佩索阿来说，是世上任何珍宝都替代不了的，母亲对他的爱犹如非洲的月光，照亮他的童年，母亲指尖下流淌的钢琴曲《在利马的一夜》与非洲的月光交织在一起，对佩索阿来说，这是天国的光辉。

在这首诗里，我们看到佩索阿罕见的热泪——很可能这才是最深处的佩索阿。所有的恐惧和胆怯，所有的怀疑和不确定，所有的病态和抗拒，恐怕都因为他眷恋的母亲的缺席。佩索阿深藏在现代都市人冷酷面具背后的爱，只留给母亲。这首诗透露出的感情，在佩索阿 1928 年 8 月发明的最后一个异名者特伊夫男爵留下的手稿《自决之书》中有非常坦诚的告白：

我母亲死了，让我感觉自己属于这个世界的最后一个外在联系也断了……

在她活着的时候，我并没有特别感觉到她的爱，可当我失去了她，她的爱就变得那么明显。

我发现，在没有了她的爱之后，我是那么需要感情，感情就好像空气，供我们呼吸，我们却感觉不到它的存在。

佩索阿最后的作品是发表在《里斯本日报》上的长篇文章《秘密结社》。

1935 年 11 月 29 日，佩索阿因肝病严重恶化被送进里斯本的法国医院，当天在一张小纸片上用英语写下最后一句话："我不知道明天会带来什么。"第二天晚上 8 点左右逝世。12 月 2 日安葬于 Prazeres 公墓。葬礼上，由《奥菲欧》当年的一位成员致简短悼词。

佩索阿在他活着的年代一直默默无闻。1927 年，创办于科英布拉的评论杂志《存在》的几位年轻编辑认为这位不怎么出名的佩索阿是葡萄牙在世作家中最卓越的一位，于是在他生命的剩余时光里，定期发表他的作品。

从 20 世纪 40 年代开始，先在葡萄牙，后来在巴西，佩索阿赢得越来越广泛的读者。他的几部诗集在他死后出版并且被翻译成西班牙文、法文、英文、德文、瑞典文、芬兰文和其他语种，其中最重要的是《费尔南多·佩索阿诗集》（1942）、《阿尔瓦罗·德·坎波斯诗集》（1944）、《阿尔贝托·卡埃罗诗集》（1946）和《里卡多·雷耶斯诗集》（1946）。他的祖国将他和 16 世纪大诗人卡蒙斯并称为葡萄牙文学史上的两座丰碑。葡萄牙的文学史家更认为应该给予佩索阿“与但丁、莎士比亚、歌德和乔伊斯同样的地位”。1985 年 10 月 15 日，为纪念诗人逝世 50 周年，葡萄牙举行盛大的迁葬仪式，将佩索阿的遗骨移至里斯本热罗尼莫大教堂的圣殿，供人瞻仰。这里也安放着卡蒙斯的石冢。

毫无疑问，佩索阿已经成为国家的一笔精神财富。这个一向以腌鳕鱼、软木塞、金枪鱼和葡萄酒闻名的国度，现在有了一个可以向世界展示其光彩的文化英雄。在里斯本，有以他的名字命名的街道和以他的名字命名的大学，他的肖像印在 100 埃斯库多的钞票上，地铁站里有那几位著名异名者的壁画，他的住所现在是一座博物馆。无论在萨拉马戈的小说还是文德斯的电影《里斯本物语》里，他都是神话般的人物。

佩索阿留下的那个箱子，里边装有 25426 件遗稿——卷轶浩繁的诗歌、散文、书信和日记。1943 年，他的朋友路易斯・德・蒙塔尔沃开始整理他的遗稿，而出版佩索阿全集的工作一直延续到 20 世纪末。截止到 1986 年，已经出版的佩索阿全集包括 11 卷诗集、9 卷散文、3 卷书简。此外还有一些作品尚在进一步的发掘和整理中。

2020–8–22 凌晨

参考资料：

费尔南多·佩索阿著/刘勇军译《自决之书》，中国华侨出版社，2015

费尔南多·佩索阿著/韩少功译《惶然录》，上海文艺出版社，1999

费尔南多·佩索阿著/陈实译《不安之书》，湖南文艺出版社，2006

张维民译《佩索亚诗选》，社会科学文献出版社，1988

杨子译《费尔南多·佩索阿诗选》，河北教育出版社，2004（增订版未刊稿）

费尔南多·佩索阿著/黄茜译《向惠特曼致敬》，微信公众号“中国诗歌学会”（2014-9-13）

哈罗德·布鲁姆著/江宁康译《西方正典》，译林出版社，2005

路德维希·维特根斯坦著/涂纪亮译《蓝皮书和褐皮书》，北京大学出版社，2012

阿兰·巴丢著/Hoffnungsfunke译《哲学任务——成为佩索阿所代表时代的人》，微信公众号“未来文学”（2016-8-26）

奥克塔维奥·帕斯著/黄茜译《不识于“我”》，微信公众号“诗文本工作室”（2014-6-30）

黄茜《我们叫他“佩索阿”，或者别的名字》，微信公众号“中国诗歌学会”（2014-9-11）

黄茜《异教的诗人：里卡尔多·雷耶斯》，微信公众号“中国诗歌学会”（2014-9-28）

Fernando Pessoa.A Little Larger Than the Entire Universe：Selected Poems. ed.and tr. Richard Zenith. Penguin Books，2006

Fernando Pessoa.Selected Poems.tr.Jonathan Griffin. Penguin Books，1982

目录

* 阿尔贝托·卡埃罗 *

恋爱中的牧羊人 2

“没有你的时候” 2

“春天了，明月高悬天上” 4

“由于感觉到爱” 5

“现在我每天都在悲欣交集中醒来” 6

“爱是形影不离” 7

“辗转难眠，我整夜看见她孤单的身影” 8

“也许你是看的高手感觉方面却很低能” 9

“恋爱中的牧羊人丢了牧羊棒” 11

未结集的诗 12

“转弯以后，那边” 12

“把问题拾掇干净……” 14

“我的生命有何价值？” 15

“每天我都发现” 16

“当春天再次来临” 18

“如果我年纪轻轻就死了” 19

“如果春天来临时” 22

“我不明白怎么会有人觉得落日悲伤” 24

“雨天晴天同样美丽” 25
“青草在我坟头生长” 26
“已经是夜里。太黑的夜……” 27
“你说起文明说它不该存在” 29
“每一种理论每一首诗” 30
“怕死？” 31
“今天有人给我读阿西西的圣方济各” 32
“每当我思考一件事情” 34
“早晨闪亮” 35
“一个想着神话相信神话的孩子” 36
“远远地我看见一艘小船在河上驶过……” 37
“我想我快要死了” 38
“苍白的阴天，我心中悲伤……” 39
“夜晚降临，热气略减” 42
“我病了，我的思想开始混乱” 43
“众神给你宇宙” 44
“寒冻时节大寒” 45
“无论谁，无论什么处于世界中心” 47
“我完全不在乎” 50
“战争用许多中队让世界蒙难” 51
“所有关于自然的见解” 53
“哦，远航的船” 54
“渐渐地，田野变得宽敞，金黄” 55

“天亮前消失的最后的星辰” 56
“水在我举到嘴边的长柄杓里叮咚响” 57
“有个听说我诗歌的人问我” 58
“昨天，真理布道者……” 59
“可是为何我要拿自己跟一朵花相比” 61
“我不认识的脏小孩在我门口玩” 63
“真实，谎言，确定，不确定……” 64
“有个姑娘在路上咯咯笑……” 65
“我院墙那边他们过圣约翰之夜” 66
要写的书 67
“山坡上的牧羊人，你和你的羊离我太远” 68
“哈，他们想要比阳光更好的光！” 69
“别人会说花瓣向后合拢的玫瑰……” 71
“凌晨两点半……” 72
“在我从这片田野和那片田野……” 73
“我喜欢田野——不用看” 74
“我不急” 75
“是的，我活在我躯体内” 76
“日出前蓝天的绿” 77
“像一个尚未跟他们学会浮夸的孩子” 78
“我不明白什么叫理解自我” 79
“我爱国吗？不，我只不过身为葡萄牙人” 80
“我平躺在草地上” 81

“他们对我说起人，说起人类” 82

“我从未努力过日子” 83

“你说，活在当下” 84

“你说我是高于石头……” 86

“他们说有个东西藏在每一种事物里” 88

“想看到田野与河流……” 90

墓志铭 91

“雪给万物披上一层恬静的毯子” 92

“今天早晨我一大早就出门” 93

“后天的风暴已经有最初的征兆” 94

倒数第二首 96

最后的诗 97

断片 98

* 里卡多·雷耶斯 *

“潘神未死” 100

“白雪覆盖了远方阳光照亮的山丘” 102

“白昼的苍白镀了金” 103

“聪明人对人世的景象心满意足” 104

“万事万物，皆有其时” 106

“众神赐予我们的仅有的自由” 108

“想起她们在浪沫浸得发黑的……” 110

“我们总有确信无疑的幻觉” 111

棋手　112
“我害怕命运，利迪亚……”　118
“一首诗再现一阵凉风”　119
“你只会变成你一向所是的那个人”　120
“我要你这朵花而不是你给我的那朵”　121
“何其短暂，这漫长一生”　122
“别想在你以为是未来的空间里……”　123
“在我自负的额头上”　124
“落叶不想重回已经脱离的树枝”　125
“是活生生的果树交出果实”　126
“睡眠是好事……”　127
“消失的脚留下飞掠的足迹”　128
“无论什么终结都是死亡”　129
“让命运拒绝给我一切”　130
“利迪亚，当我们的秋天……”　131
“犹犹豫豫，仿佛被埃俄罗斯遗忘”　132
“不是忌妒我们恨我们的人”　133
“要么主宰一切要么不事声张”　134
“谁都不爱他人”　135
“什么都没留下……”　136
“你不喜欢的每一天都不是你的”　137
“你独自一人”　138
“我爱我见到的事物……”　139

“我那毁掉蚂蚁窝的手” 140

“假年份假季节” 141

“我只求众神别理我” 142

* 阿尔瓦罗·德·坎波斯 *

重游里斯本（1923） 144

重游里斯本（1926） 147

“远方那些灯塔” 151

“开着雪佛兰” 153

云 156

英吉利风的歌 158

讽刺诗 159

碰巧 161

声音 163

几乎 165

牛津郡 168

“没错，这是我” 170

哦，一首十四行…… 173

“轻点儿说话，这是生活” 174

“我在午夜和它的寂静中醒来” 175

赞美歌 177

原罪 179

“里斯本有五颜六色的房子” 181

“街对面的房子……” 183

“我下火车” 185

“多久了，从我上次能写长诗……” 187

“开始了，午夜的寂静降临” 189

“我摘下面具望着镜子” 191

“我，我本人……” 192

回家 194

“是啊，一切都好” 195

“我头晕” 196

直行的诗 198

在那边，我不知道是哪里 201

“我们在里斯本商业街偶遇” 204

假日疗养院 208

* 费尔南多·佩索阿本人 *

歌本 212

“哦，我乡村教堂的钟声” 212

退位 214

“难以自拔的渴念掠过我粉饰的灵魂” 215

某些不规则的诗 217

路人 219

默默无闻的日记 220

“我那条街上一架钢琴……” 223

“我的生命去往何方” 224
“哦！痛苦，渺小的狂热……” 226
“这是一座舞台” 227
“地平线，无论谁跨越你” 228
绝不会 229
“就在此刻，我不知道我是谁” 230
“我听见夜里在刮风” 231
脚手架 233
注释 236
国际象棋 238
“在我对我本人的盛怒中” 240
“微弱的簧风琴” 241
“我是快乐还是哀伤？” 242
“我想成为自由而虚伪的人” 243
“我妻子她名叫孤独” 245
“没人爱我” 246
“哦，嬉闹的猫” 248
“我走到窗前” 249
自我剖析 250
“我是一个逃亡者” 251
入教 253
“神圣的公鸡赞颂” 255
“那不思不想的人多快活” 256

“我的作品不是我的” 257

“存活于大千世界的一切” 258

“我不知道遗忘在天边……” 260

“在我的睡与梦之间” 262

“没徒弟的师傅有一架破机器” 264

席尔瓦先生 265

“我白日做梦……” 266

“是的，最后，一种宁静……” 267

“如此多的忍耐……” 268

“所有的美都是一场梦” 269

“更小了，滚滚波涛” 270

“在我们遗忘的这个世界上” 271

“海鸥紧贴地面飞翔” 273

“很久以前他们给我讲的……” 275

“当我死去而你，草地……” 277

“世上有过爱我的人” 279

“姑娘们结伴走在街上……” 280

“夜已降临，我谁都不指望” 282

“除了厌倦，一切都让我厌倦” 284

“对什么都说的人什么都别说” 285

自由 286

“那是太久以前” 289

在利马的一夜 291

佩德罗索斯夫妇　304

使命　306

城堡纹章　306

五盾国徽纹章　308

尤利西斯　309

维里亚托　310

恩里克伯爵　312

地平线　313

哥伦布们　315

西方　316

第五帝国　317

雾　319

译后记　321

*

阿尔贝托·卡埃罗

*

恋爱中的牧羊人

“没有你的时候”

那时我还没得到你
我爱自然，像一个平静的修道士爱基督……
现在我爱自然
像一个平静的修道士爱圣母玛利亚，
虔诚，以我的方式，像从前，
但换了一种方式，更主动，更亲近。
当我陪你穿过田野走到河边
我看河流看得更完整；
陪你坐着看白云
我看白云看得更清晰……
你没把我从自然里夺走……
没为我改变自然……
你把自然带到我身边。

因为你在我更好地看见它，却还是它，

因为你爱我而我像你爱我一样爱它，爱得更多，

因为你选中我拥有你，爱你，

我的目光更加恋恋不舍凝视一切。

对从前的任何角色我都不后悔

因为我还是那个我。

我只后悔爱你太晚。

握住我的手吧

让我们安安静静，被生命围绕。

1914-07-06

“春天了，明月高悬天上”

春天了，明月高悬天上。
我想你，我的心圆满无缺。

微风跑过空空的田野，吹拂我。
我想你，喃喃自语你的名字，我不再是我：我是快乐。

明天你会来陪我去田野采花，
我会陪你穿过田野看你采花。

我看见明天你和我在田野采花，
要是明天你真的来陪我去采花，
那真是让人欢喜，真是太新鲜。

1914-07-06

“由于感觉到爱”

由于感觉到爱

我对香味兴致盎然。

原先从未对散发香气的花朵感兴趣。

现在我感觉到花朵的香气像看到某种新事物。

我知道它们永远香气四溢正如我知道我活着。

你从外面了解这些事情。

现在我用后脑勺已经嗅到。

现在花朵散发出我能嗅到的芬芳气息。

现在我不时苏醒，看到之前已经嗅到。

1930-07-23

“现在我每天都在悲欣交集中醒来”

现在我每天都在悲欣交集中醒来。
从前我在麻痹中醒来；从前我习惯了仅仅是醒来。
我欣喜，我悲伤，因为我正失去我所梦见的。
我也能活在现实中，现实中她是我所梦见的。
我不知道该拿我的感情怎么办。
我不知道孤单时该拿自己怎么办。
我渴望她说点什么好让我再次醒来。

无论谁恋爱，都会变得不一样。
他们无一例外，都是同样的人。

1930-07-23

“爱是形影不离”

爱是形影不离。

我再也不知道一个人如何在路上走

因为我再也不能一个人走。

可见的思绪让我步伐更快

所见更少同时又喜欢看见一切。

就连她的缺席都与我合在一起。

我爱她如此强烈以至于不知道如何要她。

没看见她我想象她，这时我强壮如大树。

看见她我又会颤抖，如果她不在，我真不知道我会是什么感觉。

整个我像是摒弃我的一种力量。

全部的事实看着我像一朵里边藏着她面孔的向日葵。

1930–07–10

“辗转难眠，我整夜看见她孤单的身影”

辗转难眠，我整夜看见她孤单的身影，
这身影总是与和我在一起的她不一样。
我凭着记忆中与我说话时她的模样想她，
每一种想象里她都是她模样的一种变体。
爱就是想。
我太想她，差点忘了去感觉。
我真不知道我想要什么，即便是从她那儿，而我全部
心思在她身上。
我太分心。
我想和她在一起，
又宁愿不和她在一起，
为的是省得以后迫不得已离开她。
我宁愿只是想着她，因为当她真的出现，我有点怕她。
我真不知道我想要什么，甚至不想知道我想要什么。
我只想想她。
我不向任何人求任何东西，甚至不求她，除了让我想她。

1930–07–10

“也许你是看的高手感觉方面却很低能”

也许你是看的高手感觉方面却很低能
因为你完全不守规矩。
万物必有方式，
事事皆有方式，爱也有。
无论谁掌握了看见田野上的青草便看见田野的方式
都不会盲目到让人们凭空去感觉。
我爱了却无回报，事情了结时我终于看清，
因为你不像生来就有人爱倒像是碰巧被爱。
她美丽的头发和嘴唇像从前一样，
我也像从前一样孤零零在田野上。
可能我的头一直低垂，
想到这儿，我就一直昂着头
金色的太阳晒干我停不下来的泪珠。
田野太大爱情渺小！
我看，我遗忘，像河水枯竭，像树木落叶。

我不知怎么说因为我在感觉。

我听着我的声音好像别人的声音。

我的声音说到她好像是别人在说。

她的金发犹如阳光下金色的麦子，

她开口说的是言词中没有的事情。

她笑，牙齿洁白如河水中的石头。

1929-11-08

“恋爱中的牧羊人丢了牧羊棒”

恋爱中的牧羊人丢了牧羊棒，
他的羊群在山坡上迷了路，
他甚至没吹一下牧笛因为想得太多。
没人来这儿也没人离去。牧羊棒再也没找到。
其他人骂他帮他把跑散的羊赶到一起。
到头来谁都没爱过他。
他从山坡和假真实中站起来，看见一切：
大河谷漫山遍野都是绿色像往日一样，
远处的山脉比任何感觉更真实，
全部的真实，连同天空空气和田野，都在眼前。
久违的空气再次沁凉地吸进他的肺
像天空再次打开他胸中悲伤的自由。

1930–07–10

未结集的诗

“转弯以后，那边”

转弯以后，那边
也许是一座井，也许是一座城堡，
也许只是更长的路。
我不知道，我不问。
转弯以前在路上走了多久，
我就盯了这条路多久，
因为转弯以前我只看到这条路。
东张西望或张望看不到的东西
对我毫无用处。
还是全神贯注于我们所在的地方吧。
这里而不是别处，已经有足够的美。
如果转弯以后那边有人，

让他们去操心转弯以后那边有什么。

那是留给他们的路。

如果我们打算到那儿，到那儿我们就会明白。

此刻我们只知道我们没到那儿。

这儿只有转弯以前的路，转弯以前

只有不转弯的路。

1914

“把问题拾掇干净……”

把问题拾掇干净……

把人们弄得乱糟糟的东西全都归置好，

因为他们不明白那些东西要派何用场……

像真实之家勤劳的家庭主妇，整理

感觉之窗的窗帘

和直觉之门的地垫……

打扫观察之屋

擦净朴素的观念……

这就是我的生活，一首又一首诗。

1914–09–17

“我的生命有何价值？”

我的生命有何价值？最后（也不知哪个最后）

有人说：“我赚了三十万。”

有人说：“我享受了三千个荣耀的日子。”

还有人说：“我问心无愧，够了。”

有人会问我做了什么，

我会这么回答：“除了观察事物我什么都没做，

所以我口袋里装的是整个宇宙。”

如果上帝问：“你在事物中看到什么？”

我会告诉他：“仅仅是事物本身。都是你放那儿的。”

而上帝毕竟聪明，他会封我为新圣人。

1914-09-17

“每天我都发现”

每天我都发现
事物惊人的真实。
每样东西都是自己，
很难跟人解释这让我多欢喜
这让我多满足。

为趋于完整而存在，足矣。

我写过几首诗，
无疑还要写很多，
我的每首诗都是说这个，
而我所有的诗都不雷同，
因为世上每一种事物都用自己的方式说这个。

有时我盯着一块石头。
我没想它是否存在。
我没转移话题，管它叫我的姐妹。

我喜欢它是一块石头，
我喜欢它因为它无知无觉，
我喜欢它因为它与我毫无关系。

有时我听到风在刮，
我觉得哪怕是为了听听风声也值得来人世一趟。

我不知道读到这儿人们会怎么想，
我觉得肯定没错因为我不费吹灰之力
不用任何观念地想关于我人们会怎么想，
因为我不经思考地想，
因为我说这个就像我的词语说这个。

从前我被称为唯物论诗人，
我大吃一惊，因为我不认为
可以用任何东西为我命名。
我甚至不是诗人：我看。
如果我的作品还有点儿价值，这价值非我所有，
只属于我的诗。
这一切绝不以我的意志为转移。

1915–11–07

“当春天再次来临”

当春天再次来临
也许她再也不会在人世找到我。
就在此刻，我想把春天想成一个人
那样我就能想象当她发现
她已失去唯一的朋友她就会哭。
但春天甚至不是一件东西：
她是一种说话的方式。
连鲜花绿叶都没回来。
来的是新的花新的绿叶。
来的是另一种悠闲的时日。
什么都没回来，什么都不重复，因为一切都是真的。

1915-11-07

“如果我年纪轻轻就死了”

如果我年纪轻轻就死了，
一本书都没出过，
也没见到诗歌发表，抛头露面，
如果有人想煽动我事业上下功夫，
我希望他们别白费唇舌。
结果那样，可以说恰到好处。

即便我的诗从未发表，
它们也是精彩的如果它们真精彩。
既未发表又很精彩是不可能的，
即便它们在土里扎根
在敞开的空间开花一眼就能看到。
只能是那种情况没有什么能阻止。

如果我真的年纪轻轻就死了，听着：
我什么都不是仅仅是个玩耍的孩子。
我像太阳和流水一样是一名异教徒，

我信奉的是大众一窍不通的宇宙教，
我快乐因为我无欲无求，
没试图寻找任何东西，
我不认为比起毫无意义的阐释这个词
世上还有任何其他的阐释。

我无欲无求只想活在阳光下雨水中——
出太阳时在阳光下
下雨时在雨水中
（不要任何异常东西）
感觉凉与热，感觉风，
仅此而已。

我曾堕入情网，以为她爱我，
但我的爱未获回应。
没人爱我主要因为——
并非必须有人爱我。

我再次回到阳光下雨水中，坐在
我房子门口，安慰自己。
说到底，田野在恋爱者眼里

比在没恋爱者眼里更绿。

去感觉意味着心烦神乱。

1915-11-07

“如果春天来临时”

如果春天来临时
我已死去，
鲜花照样会绽放
树木的绿不会输给去年。
真实存在的事物不需要我。

想到我的死
无足轻重我真是快乐无比。

如果我知道明天我就死
而后天就是春天，
我会快乐地死，因为后天就是春天。
如果明天就是死期，为何死神还要另择时间？
我喜欢一切都真实，正常，
我那么喜欢因为就该那样即便我不喜欢。
所以，如果现在我就死，我会快乐地死，
因为万物全都真实，全都正常。

如果你们乐意，可以对着我的棺材用拉丁文祈祷。

如果你们乐意，可以围着我的棺材唱歌跳舞。

不再能偏爱时我没有偏爱。

来临的事物，唯有来临时才会显形。

1915–11–07

“我不明白怎么会有人觉得落日悲伤”

我不明白怎么会有人觉得落日悲伤，

除非因为日落不是日出。

如果是日落，怎么可能变成日出？

1915-11-08

“雨天晴天同样美丽”

雨天晴天同样美丽。

两种天气都存在，都是本来模样。

1915–11–08

“青草在我坟头生长”

青草在我坟头生长，
作为我被遗忘的记号。
自然没记性，所以美。
如果他们有病非要“翻译”我坟头的青草，
就让他们说——我一直绿意盎然，一直自然无伪。

1915-11-08

“已经是夜里。太黑的夜……”

已经是夜里。太黑的夜。远处一间屋子

透过窗户亮着灯。

看到灯光，我从头到脚感觉到人类。

真可笑，住在那儿我不认识的这家伙的一生

吸引了我仅仅因为远处的灯光。

我能肯定他的生命是真的，他有脸有表情，有家庭有职业。

但此刻我只关心他窗口射出的灯光。

即便是因为他点灯然后有灯光，

对我来说这灯光是直接的真实。

我从未越过直接的真实。

世上没有任何东西越过直接的真实。

从我所在地方我只看到那灯光，

因为它太远，从我所在地方只能看到那灯光。

窗户后边这个人和他的家是真的。

我在这儿，离得很远。

灯灭了。

我干吗操心这家伙是否还会存在下去?

——不过是某个一直存在的家伙。

1915-11-08

“

“你说起文明说它不该存在”

你说起文明说它不该存在，

起码不该是现在这副德性。

你说每个人，几乎每个人，受着

如此安排的人类生活的痛苦。

你说如果情形不同，人们不会吃这么多苦。

你说如果情形如你所愿，会好很多。

我听你絮叨，全当是耳旁风。

为何我要听你胡扯？

听你的我一无所获。

如果情形不同，当然会不同：没什么好说的。

如果情形如你所愿，就正好如你所愿。

你们这帮终其一生尝试

发明机器制造幸福的人，真可怜！

“每一种理论每一首诗”

每一种理论每一首诗

都比这朵花活得更久。

但，那些东西像雾，湿乎乎令人生厌，

比这朵花大……

尺寸和长短不重要……

仅仅是尺寸和长短……

重要的是持久和持续……

（如果真正的尺度是真实）……

真实是世上最宝贵的特性。

1916–01–11

“怕死？”

怕死？

我会用另一种样子醒来，

也许是肉身，也许是连续性，也许是新生，

但我会醒来。

如果对等的原子不死，凭什么单单我要死？

“今天有人给我读阿西西的圣方济各”

今天有人给我读阿西西的圣方济各[1]。
我听了无法相信自己的耳朵。
一个人如此热爱万物，怎么能
从不看它们一眼，完全不了解它们是什么？

为何把水叫做姐妹如果水不是姐妹？
为了更好地感觉它？
我通过喝水比为它命名——姐妹，母亲，女儿
更好地感觉到它。
水是美的因为它是水。
如果我叫它姐妹，
很明显，即便我叫它姐妹它也不是我的姐妹，
最好叫它水，因为它是水，
更好的办法是，不用任何名字叫它

1　圣方济各（Francis of Assisi，Saint，1181？—1226），天主教方济各会及方济各女修会创始人，意大利主保圣人，规定修士恪守苦修，麻衣赤足，步行各地宣传“清贫福音”。

只是喝它，用腕部感觉它，凝视它，

根本不用名字。

1917-05-21

“每当我思考一件事情”

每当我思考一件事情，我都将它引入歧途。
我只该在它出现在我面前时思考它，
不是思考，只是看，
不用思想，只用眼睛。
可见之物，它存在就是为了让人看，
为眼睛存在的事物犯不着为思想存在；
思考而不看的时候，我最清醒。

我看，万物存在。
我思考，唯有我存在。

1917–05–21

“早晨闪亮”

早晨闪亮。不，早晨不亮。
早晨是抽象的东西——换句话说，不是真东西。
那一刻，就在这儿，我们开始看见太阳。
如果照耀树林的初升的太阳美丽，
我们称早晨为“我们开始看见太阳”
就和我们称它为早晨同样美丽。
错误地为事物命名毫无用处，
我们不该将名字强加给它们。

1917-05-21

“一个想着神话相信神话的孩子”

一个想着神话相信神话的孩子
行动起来像有病的神，却还是像神。
虽然他断言不存在的东西存在，
他还是知道事物如何存在，它们是存在着的事物，
他知道存在着的事物存在并且从不解释，
他知道对任何存在物来说完全不用给出理由。
他知道活着就是活在时空的某一点。
那种不属于任何一点的想法他不明白。

1917-10-01

“远远地我看见一艘小船在河上驶过……”

远远地我看见一艘小船在河上驶过……
沿着特茹河[1]冷漠地向下游驶去。
它冷漠并非因为它眼中无我，
或因为我对它毫不在意，它冷漠
因为它绝无超出客观存在的
含义——孤绝的小船——
未经形而上学恩准就向下游驶去……
驶入真正的大海。

1917-10-01

1 特茹河（Tejo）为源自西班牙东北部的一条河流流入葡萄牙境内的称谓，在西班牙境内叫塔霍河（Tajo）。

“我想我快要死了”

我想我快要死了。
但死亡的含义没能触动我。
我记得死亡应该毫无意义。
生与死只是一种分类像给植物分类一样。
哪种叶子，哪种花获得分类?
哪种生命算活着，哪种死亡是死亡?
都是术语，你也由术语定义。
唯一的不同是轮廓,车站,是一种特殊色彩,……一种……

1917-10-01

“苍白的阴天，我心中悲伤……”

苍白的阴天，我心中悲伤，几乎害怕，
开始细想我生造的那些问题。

如果人是该有的样子，
不是有病的牲口而是完美的动物，
直截了当而非拐弯抹角的动物，
他就该是用其他方式，有所不同但正确的方式
在事物中找到感觉的造物。
他就该获得一种有关“整体”的感觉；
一种感觉——像听见看见——有关事物之“总体”，
而不是像我们那样得到一种有关“总体”的思想，
不是像我们那样得到一种有关事物之“总体”的观念。
我们就会看见——我们不该产生“全体”或“总体”的想法
因为“全体”或“总体”的含义不会源于总体或全体
而是源于或许既非整体亦非局部的真正的自然。

宇宙唯一的神秘是加而非减。

我们在事物中看到太多——错就错在这里，所以我们
满腹狐疑。
存在的事物胜过我以为存在的事物。
实际存在的事物是真的而非想到的事物。

宇宙并非我的一个观念。
我的宇宙观只是我诸多观念之一。
黑夜不为我的眼睛到来。
我有关黑夜的观念是黑夜为我的眼睛到来。
不在我的思考我的思想范畴内
黑夜到来，具体有形，
群星存在，熠熠闪耀，仿佛有重量。

正如但凡我们想要表达思想词语就失败，
但凡我们想要思考现实思想就失败。
但，正如思想的本质不是用来说仅仅是用来思考，
真实存在的事物的本质也仅仅是存在而不是给人思考。
因此存在的一切仅仅是存在。
其他的一切是一种沉睡的生命，
童年多病，所以衰老与我们形影不离。
镜子准确反映；不可能出错因为它不思考。

思考基本上就是出错。

出错基本上等于既聋又盲。

这些真理并不完美因为是说出来的。

说出以前被人思考过：

实际上它们必然用不让自己

确认任何事物来否定自己。

生命是唯一的确认，

与它作对我不乐意。

1917–10–01

“夜晚降临，热气略减”

夜晚降临，热气略减。
我很清醒，好像从未思考过
好像我有根，与土地亲密联结；
不是假联结，所谓视觉
那种二手感觉我用来
让自己与万物隔绝，
让群星或天外星座靠近——
我错了：遥远事物绝非近在眼前，
当我靠近它，我是自欺欺人。

1917-10-01

“我病了，我的思想开始混乱”

我病了，我的思想开始混乱
但我的肉身触碰事物，融入它们，
触碰让我感觉到我是事物的一部分。
一种伟大的自由开始在我心中形成，
一种伟大庄严的幸福像英雄行为
以清醒而隐蔽的姿态，独自完成。

1917–10–01

“众神给你宇宙”

众神给你宇宙
接受它。
如果众神想给你别的
早就给了。

如果还有别的大事别的世界——
但愿有吧。

1917-10-04

“寒冻时节大寒”

寒冻时节大寒，对我来说是愉悦的，
因为我的存在融入事物的存在，
自然的事物总是令人愉悦就因为它自然。

我接受生命的苦难因为那是命，
正如我接受严冬酷寒——
平静，无怨言，像一个仅仅是接受的人，
在接受的行为中，在极科学极深奥的
接受必有之自然的行为中找到欢乐。

我的疾病，我遭受的伤害
不正是我生命我个人的严冬？
乖戾的冬天，我不了解它的规律，
但它借助同样庄严的命运，同样必然出现的
外在于我的存在的事实为我存在，
正如苦夏时地球的炎热
严冬时地球的酷寒。

我接受因为这是应该接受的我的本性。
像众生一样我生来就要犯错就要失败，
但不是想理解万事万物的过错，
不是想仅凭理解力去理解的过错，
不是想让世界成为比世界
更好的什么玩意儿的失败。

1917–10–24

“无论谁，无论什么处于世界中心”

无论谁，无论什么处于世界中心
将外部世界给我，作为真实的一种范例，
当我说“这是真的”，即便只是一种感觉，
我必然看到它在某个外部空间里，
某种幻象，外在于我，与我无关。

真实意味着不在我自己心里。
我内在的自我没有我能领悟的任何真实。
我只知道世界存在，不知道我是否存在。
我更确信我那白房子的存在，
而非白房子屋主内心的存在。
比起我的灵魂，我更信赖我的肉身，
因为我的肉身就在现实中，
能被人看见，
能触碰别人，
能坐下能站起，
我的灵魂却不可阐释除非借助外在的术语。

它为我存在——就在我想着它存在的时候——
是从世界的外部现实那儿借来的。

如果灵魂比外部
世界更真实，如你，哲学家所说，
为何外部世界作为真实的样品交给我？
如果我的感觉比我
感觉到的事物的存在更确定，
为何我又感觉到那事物，为何它独立于我出现，
不需要我便可存在——
这个永远与我自己粘在一起，永远是个人的并且不可转让的我？
为何我和他人走在一起
在我们彼此理解情投意合的世界上，
如果世界是错误的而我是正确的？
如果世界是个错误，它对每个人都是错误，
而我们每个人都是自己的错误。
两者之中，世界更正确。

为何是我问这些问题，如果不是我有病？

在外在于我的生命并且因此正确的日子里，
在我自然而然完全清醒的日子里，
我感觉却没感觉到我在感觉，
我看见却不知道我看见，
而宇宙从未如此真实，
宇宙从未（却既未靠近也未
远离我）如此极端地不属于我。

当我说“很明显”，意思是“只有我能看到”？
当我说“是真的”，意思是“这是我的看法”？
当我说“在那儿”，意思是“不在那儿”？
为何到了哲学那儿总会有所不同？
我们活在驱动哲思之前，我们存在于知道我们存在之前，
更早的真相起码应受尊敬，享有优先权。
是的，内在以前我们是外在的。
所以本质上我们是外在的。

有病的哲学家，毕竟是哲学家，你说这是唯物论。
如果唯物论是一种哲学，如果为了属于我一种哲学
必须是我的哲学，里边的任何东西都不是我的，
甚至我都不是我，怎么可能是唯物论？

1917–10–24

“我完全不在乎”

我完全不在乎。

完全不在乎什么？不知道：我完全不在乎。

1917-10-24

“战争用许多中队让世界蒙难”

战争用许多中队让世界蒙难，
哲学之错的绝妙演示。

战争，拼命的人类妄想改造。
但没有什么比战争更想改造，多多益善，
越快越好。

而战争导致死亡。
导致死亡就是藐视宇宙。
因为造成死亡，战争证明自己是错的。
因为证明是错的，所有的渴望改造也证明是错的。

让我们把外部世界和他人留在自然安置的地方。
这么多傲慢和缺乏悟性！
这么多忙乱，被迫的事情，渴望留下痕迹！
当他心跳骤停，所有的中队指挥官
慢慢回到外部世界。

在自然直截了当的化学里
没给思考留下空间。

人性是奴隶的起义。
人性是被人民夺权的政府，
因篡夺而存在，却犯了罪，因为篡夺意味着无权。

让外部世界和天然的人性活着！
愿人类诞生前的众生享有和平，也包括人类！
愿宇宙所有外部实体享有和平！

1917-10-24

“所有关于自然的见解”

所有关于自然的见解
没让一根草生长没让一朵花绽放。
所有关于事物的知识
从来没能让我坚持不懈地喜欢；
如果科学想让自己真实，
哪种科学能比与科学无关的有关事物的学问更真实?
闭上眼睛，我躺在上边的硬土
太真实就连我的后背都感觉到。
我不需要理性——我有肩胛骨。

1918–05–29

“哦，远航的船”

哦，远航的船，

在你从我视线里消失以后

为何我没像别人那样想你？

因为，看不到你，你就不存在了。

如果我为不存在的东西犯了怀乡病，

这情感就不会与任何事情发生关联。

我们想的不是船，是我们自己。

“渐渐地，田野变得宽敞，金黄”

渐渐地，田野变得宽敞，金黄。

清晨在高高低低的平地上漫游。

我不是我在看的风景的一部分：我看见它，

它在我身外。没有哪种感觉将我和它连在一起。

这恰恰是将我和到来的清晨连在一起的感觉。

1918-05-29

“天亮前消失的最后的星辰”

天亮前消失的最后的星辰，
我平静的眼盯着你战栗的浅蓝，
我看见你与我无关，
我欣喜因为我终于能看见你
完全不因为什么“心灵状态”仅仅是看见你。
对我来说，你之所以美是因为你存在。
你壮观，因为你的存在完全与我无关。

1918–05–29

“水在我举到嘴边的长柄杓里叮咚响”

水在我举到嘴边的长柄杓里叮咚响。

给我水的人说“声音凉凉的”。

我笑。只是叮咚响的声音。

我喝水，没听到喉咙里任何声音。

1918–05–29

“有个听说我诗歌的人问我”

有个听说我诗歌的人问我：这有什么新鲜的?

每个人都知道一朵花就是一朵花一棵树就是一棵树。

我说的不是每个人，而是谁都不知道。

因为每个人爱花都是因为花美而我不一样。

每个人爱树都是因为树是绿的并且有荫凉，与我无关。

我爱花仅仅因为它是花，直截了当，

我爱树仅仅因为它是树，未经我思考。

1918–05–29

“昨天，真理布道者……”

昨天，真理布道者
又来跟我闲扯。
他说起工人阶级的苦
（不是受苦的那些人，毕竟他们是真受苦。）
他说起不公——有人腰缠万贯，
有人忍饥挨饿，我不知道是吃不饱的饿
还是眼馋别人甜点的饿。
凡是让他恼火的他都说。

如果他能想想别人的不幸他肯定快乐！
如果不知道别人的不幸专属于他们
外界无法消除他就太蠢——
苦难不像用尽墨水
不像没用铁箍箍住的树干！

世上有不公就像有死亡。
我永远不会采取行动去改变

他们所说的世上的不公。
为那事迈出一千步
也只是一千步。
我接受不公就像我接受一块石头没那么圆，
一棵栓皮槠最后没长成一棵松树或一棵橡树。

我将一枚橙子切成两半，两半不可能一模一样。
我，两半都要吃的人——会对哪一半不公？

“可是为何我要拿自己跟一朵花相比”

可是为何我要拿自己跟一朵花相比，如果我是我
花是花？

哈，我们别跟任何东西比；我们还是看吧。
让我们忘掉类似，隐喻和明喻。
一物比另一物就是忘掉这一物。
当我们凝神于它没有什么能让我们想到别的东西。
每样东西仅仅提醒我们它是什么
它只是别的东西都不是的那个。
真相是它将自己与所有别的东西区分开来
（别的不是它的东西。）
如果没有别的不是它的东西，所有东西一文不值。

什么？我比一朵花更有价值
就因为它不知道自己有色彩而我知道，
就因为它不知道自己有香味而我知道，
就因为它没能意识到我而我意识到它？

除非一物与另一物相关

才能比它更高级或更低劣？

没错，我意识到植物它没意识到我。

但如果意识的形态就是意识，里边是什么？

如果植物能说话，它会问我：你的香味在哪儿？

它会对我说：你有意识因为意识是人类的特性

我没有意识因为我是花，不是人。

我有香味你没有，因为我是花……

“我不认识的脏小孩在我门口玩”

我不认识的脏小孩在我门口玩，
我没问你有没有给我带来象征的词汇。
我觉得你可爱因为我没见过你。
当然啦要是干干净净你就是另一个小孩了，
就不会来这儿。
你需要在土里玩！
我用眼睛欣赏你的神采。
永远是第一眼看到一件事物比理解它更有价值，
太熟就会像从未第一眼看见，
从未第一眼看见就只能听说。

这孩子的脏与其他东西的脏不是一回事。
接着玩！当你捡起一块正好握住的石头，
你知道正好可以握住。
哪种哲学抵达更大的确信？
一种都没有，没有哪种哲学会跑到我门口来玩。

1919–04–12

“真实，谎言，确定，不确定……”

真实，谎言，确定，不确定……
行路的盲人都知道这些。
我在靠近台阶最高处盘腿而坐
十指交叉放在膝盖上。
什么是真实，什么是谎言，什么是确定不确定？
盲人不走了；
我把双手从膝盖上移开。
真实，谎言，确定和不确定永远不变？
某物在现实的某个部位变了——我的膝盖我的手。
哪门科学解释得了？
盲人接着走我的双手一动不动。
不再是同样的时刻，同样的人，什么都不一样了……
这才是真实。

1919–04–12

“有个姑娘在路上咯咯笑……”

有个姑娘在路上咯咯笑空气里都是她的笑声。

她在笑我没看见的某人说的什么事情。

现在我想起来当时我听到了。

要是现在他们跟我说在路上有个姑娘咯咯笑，

我会说：没有，只有山丘，阳光下的土地，太阳，这间屋子，

还有我——只听见两边太阳穴我生命之血液的秘密的声音。

1919–04–12

“我院墙那边他们过圣约翰之夜”

我院墙那边他们过圣约翰之夜。
院墙这边，我不过圣约翰之夜。
圣约翰在为他举办纪念仪式的地方。
我这儿只有夜间篝火的光影，
只听到人们的笑声和沉重的脚步声。
还有某人的胡喊——他不知道世上有我这个人。

1919-04-12

要写的书

神秘主义者，你在每一种事物里看到意义。
对你来说每一种事物都有被遮蔽的意义。
总有什么藏在你看到的每一种事物里。
你总是看着你看到的所以你能看到别的东西。

我呢，幸亏我的双眼只是用来看，
我在每一种事物里看到意义的缺席；
我明白了于是我爱自己，因为成为一件事物意味着不存在。
成为一件事物就是不容阐释。

1919–04–12

“山坡上的牧羊人，你和你的羊离我太远”

山坡上的牧羊人，你和你的羊离我太远，
你似乎拥有的幸福究竟是你的还是我的？
看见你时我感觉到的安宁到底属于你还是属于我？
不，牧羊人，既不属于你也不属于我。
只属于安宁和幸福。
你并不拥有它，因为你不知道你拥有它，
我也不拥有它，因为我知道我拥有它。
它独立存在，阳光般落在我们身上，
打在你背后，让你暖和，而你漠不关心想着别的，
打在我脸上，令我目眩，而我只想着太阳。

1919-04-12

“哈，他们想要比阳光更好的光！”

哈，他们想要比阳光更好的光！
他们想要比这片草地更绿的草地！
他们想要比我看见的花更美的花！
这太阳这草地这些花对我来说绝美。
但，要是他们莫名其妙来烦我，
我想要的是比这个太阳更太阳的太阳，
我想要的是比这片草地更草地的草地，
我想要的是比这些花更花的花——
每样事物同样是它却比它更棒！
那种玩意儿在那边——比那边还那边！
没错，有时我为世上不存在完美的肉身哭。
但完美的肉身是可能会有的最肉身的肉身，
其余的只是人们的痴梦，
是所见有限者的目光短浅，
是某个想坐下却不知如何站起的人的模样。
基督教是有关这把那把交椅的一场大梦。

灵魂秘而不宣，

最完善的灵魂即从未显现的灵魂——

肉身造出的灵魂，

事物绝对的肉身，

毫无错误绝对真实没有影子的存在，

事物与其自身精确又纯粹的重叠。

1919-04-12

“别人会说花瓣向后合拢的玫瑰……”

别人会说花瓣向后合拢的玫瑰是天鹅绒。
我从地上捡起你，贴近看了你好一会儿。

我院子里一株玫瑰都没种：哪阵风把你刮来?
但我突然从远处归来。我懊丧了一分钟。
现在根本没有风将你刮来。
现在你在这儿。
从前的你不是你，否则这儿该是完整无缺的玫瑰。

1919–04–12

“凌晨两点半……”

凌晨两点半。我醒来又倒头昏睡。
睡与睡之间是截然不同的人生。

如果谁都不夸饰照耀世界的太阳，
干吗要夸饰某位英雄？

我睡去我醒来，同样正确，
我活在睡与睡的间歇里。

那一刻，我醒来，我通往整个世界——
一个伟大的包含一切的夜晚，
仅仅是包含外表。

“在我从这片田野和那片田野……”

在我从这片田野和那片田野看到的景物之间
一个人的形象掠过。
他的脚步与“他”在同样的真实里移动，
而我看见他又看见他们，他们互不相干。
这个错误并且陌生的“人”与他的观念同行，
他的脚步追随驱动双腿的古老系统。
我从远处看他，不掺入任何意见。
他身上最完美的是他本人那种材质：他的身体，
他那没有欲念弃绝希望的真正的真实，
仅仅是肌肉和使用它们的正确的，非个人的方式！

1919-04-20

“我喜欢田野——不用看”

我喜欢田野——不用看。
你问我为什么喜欢。
我说因为我喜欢田野。
喜欢一朵花就是不知不觉与它为邻
在你最模糊的观念中对它的香味有一种见解。
看的时候，我不喜欢：只是看。
我闭上眼睛，关闭青草中我的身体，
彻底属于闭眼不看者的外部世界——
属于高低不平芬芳土地生气勃勃的坚实；
有点像活着的生灵发出的模糊噪音，
只有红色的光影轻轻进入我的肉窝，
只有生命中残余的某个东西正在听。

1919-04-20

“我不急”

我不急。急什么?
太阳月亮不急，对的。
急就是以为我们能比我们的腿更快
能从我们的影子上跳过去。
不，我不急。
如果我张开双臂，只会伸到双臂够到之处
不会超出半寸。
我触碰手指触碰而不是大脑所想的地方。
我只能坐在此刻我在的地方。
听上去滑稽，像所有绝对真实的真相，
真正滑稽的是我们永远想着别的东西，
而我们永远在它外边，因为我们在这儿。

1919-06-20

“是的，我活在我躯体内”

是的：我活在我躯体内。

我没把太阳月亮放进我口袋。

我不想因为我失眠就去征服世界，

我不想因为我胃口好就拿世界当午餐。

我有什么异样吗？

不，我是大地的孩子，不能猛地跳起来，

我们一刻也不要悬在空中，

唯有再次猛踩在地上才会快乐，

砰！在什么都不缺的现实中！

1919-06-20

“日出前蓝天的绿”

日出前蓝天的绿
日落时西天透明的蓝。

眼睛看见万物的真实色彩——
并非透明，有点蓝灰的月光。

我开心，我用眼睛而不是靠书本看见。

“像一个尚未跟他们学会浮夸的孩子”

像一个尚未跟他们学会浮夸的孩子，
我很诚实，忠实于我看见我听到的。

“我不明白什么叫理解自我”

我不明白什么叫理解自我。我不往内心看。

我不相信我活在我自己后边。

“我爱国吗？不，我只不过身为葡萄牙人”

我爱国吗？不，我只不过身为葡萄牙人。

我生来是葡萄牙人就像我生来金发碧眼。

如果生来就会说话，我只能说一种语言。

“我平躺在草地上”

我平躺在草地上

忘了他们教我的一切。

他们教我的那一套从未让我更冷或更热。

他们告诉我的那些从未为我改变事物的形态。

他们教我去看的东西从未打动我的眼睛。

他们给我看的东西影子都没见着：只有原先就在那儿的在那儿。

“他们对我说起人，说起人类”

他们对我说起人，说起人类，
而我从没见过人，也没见过人类。
我见过形形色色的人彼此千差万别，令人惊悚，
人与人被无人居住的空间隔开。

“我从未努力过日子”

我从未努力过日子。

我在生活中孤孤单单，无论我想不想这样。

我唯一想做的只是看，好像我没有灵魂。

我总是想看好像我什么都不是仅仅是一双眼睛。

“你说，活在当下”

你说，活在当下。
仅仅是活在当下。

我不想要当下，我想要实际存在的。
我想要存在的事物，不想要测量它们的时间。

什么是当下？
某种与过去和未来密切关联的东西。
某种依靠其他存在之物存在的东西。
我只想要实际存在的事物本身，与当下无关。

我不想在意识到存在之物时把时间算进去。
我不想将事物想成存活于当下；我想把它们想成事物。
我不想将它们从自身剥离出来，称它们为当下。

我甚至不会说它们真实。
我不会用任何字眼称呼它们。

我会看着它们，仅仅是看着它们，
看着它们直到再也无法思考它们，
看着它们，不在时间里，不在空间中，
除了正在看的别无所需地看着。
这才是看的学问，根本不是学问。

1920-07-19

“你说我是高于石头……”

你说我是高于石头
或植物的生命。
你说：“你感觉，你思考，而且你知道
你在感觉在思考。
石头写诗吗？
植物对世界有想法吗？”

没错，是不一样。
但不是你以为的不一样，
因为有意识并未助我拥有有关事物的理论；
只是助我清醒。

我是否高于石头或植物？我不知道。
我不一样。我不知道什么是高于怎样算低于。

有意识高于丰富多彩？
也许是也许不是。

我只知道不一样。
谁也不能证实仅仅因为不一样就高级。

我知道石头是真的植物是存在的。
我知道因为它们存在。
我知道因为我的感官向我显现了。
我知道我也是真的。
我知道因为我的感官向我显现了，
尽管不像它们向我显现石头和植物那么清楚。
我只知道这些。

没错，我写诗，石头不写诗。
没错，我对世界有看法，植物没有。
但石头是石头，不是诗人；
植物也仅仅是植物，不是思考者。
我可以说这让我比它们高级
或者我可以说这让我低级。
但我什么都没说。我说石头：“这是一块石头。”
我说植物：“这是一株植物。”
我说我自己：“这是我。”
然后闭嘴。还能说什么？

1922-06-5

“他们说有个东西藏在每一种事物里”

他们说有个东西藏在每一种事物里。
是的，是它，那并未藏起来的东西，
在里边。

而我，有意识有感觉有思想，
我像个东西吗？
我身上多了什么少了什么？
如果我只是我的身体我就会快乐又健全——
而我同时是别的东西，比那东西多了或少了点什么。
多了什么少了什么？

风刮着无知无觉。
植物生长无知无觉。
我活着同样无知无觉，而我知道我活着。
但我知道我活着，要么就是我只知道我知道？
我诞生，我活着，我将死于天意对此我无话可说，
我感觉，我思考，我靠身外的某种力量走动，

我是谁?

我，肉与灵，是某个内心的外表?
要么我的灵魂是与其他肉身不同的
我自己肉身的宇宙力量的意识?
身处万物之中我在哪里?
我的肉身会死，
我的大脑会崩溃，
变为抽象，客观，非人的意识，
我将不再感觉到我所拥有的那个我，
我将不再用我的大脑琢磨我以为属于我的思想，
我将不再受我所驱动的我的意志我的双手驱动。
我会那样完蛋吗?我不知道。
如果我必须这样完蛋，对此感觉不舒服
肯定不会让我不朽。

1922-06-05

“想看到田野与河流……”

想看到田野与河流
打开窗户远远不够。
想看到树木与花朵
不瞎眼也远远不够。
你用不着非懂哲学不可。
困于哲学连树的影子都见不到，只有观念。
只有我们中的每一位，像一座地下酒窖。
只有一扇紧闭的窗户和窗外的整个世界；
只有一个打开窗户你能看见的景色的梦，
而它从来不是你打开窗户能看见的东西。

1923-04

墓志铭

刻在我墓碑上——

阿尔伯特·卡埃罗

在此长眠

没有十字架

他去寻找神……

神是否存在，就看你们的了。

至于我，我听任他们欢迎我。

1923–08–13

“雪给万物披上一层恬静的毯子”

雪给万物披上一层恬静的毯子。
你什么都感觉不到除了你屋里发生的事情。
我把自己裹在毯子里，完全不想有关思考的问题。
我感到一种动物的喜悦，我漫无目标地思考，
我睡着了，不比世上任何活动更无用。

“今天早晨我一大早就出门”

今天早晨我一大早就出门
醒得太早
什么都不想做……

我不知道要走哪条路
风太猛，
我走风在背后推着我的那条路。

我的生活一直这样，我希望始终这样——
走在风在背后推着我的路上
不让自己胡思乱想。

1930–06–13

“后天的风暴已经有最初的征兆”

后天的风暴已经有最初的征兆。
最初的白云在昏暗的天空低飞。
它们真的属于后天那场风暴吗?
我肯定它们是，但肯定即撒谎。
肯定即不看。
后天不存在。
现在只有这些:
蓝天，地平线上有点灰有点白的云，
下层有点脏似乎接下来还会变黑。
今天只有这些，
因为目前只有今天，没有别的。
谁知道后天我会不会死?
如果后天我死了，后天降临的风暴
与万一我没死的那场风暴相比就会截然不同。
我当然知道风暴并非因为我看见它们才降临，
但要是我不再活在世上，世界就会不一样——
少了一个我——

风暴会降临在一个不同的世界，不会是同一场风暴。

无论如何，正降临的就是要降临的在它降临的时刻。

1930-07-10

倒数第二首

——给里卡多·雷耶斯

我也知道如何猜想。
万物中有个东西活着让万物生机勃勃。
在植物那儿它在外边它是一个小宁芙。
在动物那儿它是内部一个远亲。
在人那儿它是与他共存的灵魂，它就是他。
在神那儿它与身体是同样的尺寸
占有同样的空间
它与身体是同一个东西。
所以他们说神灵不灭。
所以没有身体没有灵魂的神灵
只是一具身体而他们是完美的。
对他们来说身体即灵魂
他们的意识在自己神圣的肉体里。

1922–05–07

最后的诗

（死去那天诗人口授）

这可能是我生命的最后一天。

我举起右手问候太阳，

并非真是问候它也不是向它道别。

只是表明我仍然喜欢看见它，没别的意思。

1920 年前

断片

有花，你就不需要上帝。

凡直接感受到的事物皆带来新语汇。

与万物不同，与万物神似。

也许宁芙是树木或河流的未来。

*

里卡多·雷耶斯

*

“潘神未死”

潘神未死。
在向微笑的阿波罗
显现刻瑞斯赤裸乳房的
每一片田野里，
迟早你会
看见不朽的
潘神现身。

基督徒的悲哀的神
不杀害任何异教徒。
基督是另一个神，
一个也许失踪的神。

潘神仍然向
躺在田野的
刻瑞斯奉献
他的笛声。

众神都一样，

永远清澈冷静，

一心想着永生，

对我们不屑一顾，

带来夜与昼

与金色的收成

不是为了给我们

夜与昼与麦子

而是为了别的，神圣的

偶然的目的。

1914-06-12

“白雪覆盖了远方阳光照亮的山丘”

白雪覆盖了远方阳光照亮的山丘，
但那缓和却又刺激飞快的太阳的
　　宁静的寒气
　　已有气无力。
今天，尼埃拉，我们别藏起来：
因为我们什么都不是，我们什么都不缺。
　　我们不抱任何希望
　　在阳光下浑身发冷。
纵然如此，让我们享受
这一刻，我们的欢乐里有少许庄严，
　　在我们等待死亡像等待
　　我们认识的某样东西的时候。

1914-06-16

“白昼的苍白镀了金”

白昼的苍白镀了金。歪歪扭扭的
朽干枯枝露水般闪耀在
　　冬天的阳光中。
　　寒气战栗。
我所信仰的古老祖国将我
放逐，只能靠回忆众神得到安慰，
　　我用另一轮太阳
　　温暖我颤抖的躯体：
照耀亚里士多德言谈那迟缓沉重
步伐的帕提农神庙和雅典卫城
　　上空的太阳。
　　但伊壁鸠鲁用抚慰的，
世俗的声音讲的更能打动我的心；
他对神的态度就像他是神的同伙，
　　平静，在他所在之地
　　远远地看着生命。

1914-06-19

“聪明人对人世的景象心满意足”

聪明人对人世的景象心满意足，
他只管喝也不想想
他早已喝过，
对他来说一切都新鲜
永不腐坏。
给他戴上葡萄叶，常春藤或缠绕的玫瑰
做成的花冠。他知道生命
在身边流逝并且
阿特洛波斯[1]的大剪刀
剪掉鲜花剪掉他。
他知道如何用葡萄酒的色泽掩盖
如何用纵饮的味道
抹去时间的滋味，
用女酒鬼经过时
哭声猝停的方法。

---

1 阿特洛波斯（Atropos），希腊和罗马神话中命运三女神之一。

他等着，一个安静的饮者，几乎是幸福的，

怀着难以觉察的渴望

仅仅渴望着

可憎的波涛

不要太快将他打湿。

1914-06-19

“万事万物，皆有其时”

万事万物，不早不晚，皆有其时。
树木不在冬日开花，
　　白色的寒冻天不在
　　春天覆盖田野。
白天我们需要的热气
不属于正在降临的夜晚，利迪亚。
　　让我们更平静地爱
　　我们不确定的人生。
坐在炉火旁，别因为那是厌倦的
时刻就厌倦我们的劳作，
　　别强迫自己发出
　　比秘密更响的声音。
也许我们说起往事
（都是太阳黑暗的消逝引起的）
　　毫无来由，
　　时时念叨。
让我们一点点回忆过去，

也许那些故事又倒回去讲，

　　讲到第二遍的故事，

　　向我们讲述

在遥远的童年，我们怀着

另一种愉悦另一种意识

　　采花的故事

　　在我们凝视世界的时候。

所以啊，利迪亚，坐在炉火旁

仿佛永远坐在那儿，像家喻户晓的神，

　　让我们修补过去，

　　犹如缝补衣服，

在不安中那份宁静必将带进我们的生活

当我们什么都不做仅仅思考从前

　　我们是什么，而外边

　　唯有暗夜。

1914-07-30

“众神赐予我们的仅有的自由”

众神赐予我们的仅有的自由
　　是这样的：让我们的
自由意志屈从他们的统治。
　　我们只能遵命，
因为唯有在对自由的幻觉中
　　才有自由。

这就是众神根据永久的宿命
　　所做的，为了维护
他们镇静的，不动不摇的
　　古老信念
——他们的生命神圣并且自由。
　　仿效身处奥林匹斯山，

不比我们更自由的众神，
　　让我们扩展我们的生命
犹如那些造沙堡

　以取悦他们眼睛的人，
众神会知道如何感激我们
　　因为我们太像他们。

1914-07-30

“想起她们在浪沫浸得发黑的……”

想起她们在浪沫浸得发黑的
雪白海滩上飞跑，她们的光脚精通
　　古老的节拍，
　　那是宁芙们在绿荫中
轻轻敲出舞蹈的足音时
反复踏响的节拍；你们，
　　心中了无挂碍的
　　孩子，在阿波罗
如凌空高枝，俯身为蓝色曲线
镀金时，复活那喧哗的圆舞，
　　而起起落落的潮汐
　　永不停息地奔流。

1914-08-09

“我们总有确信无疑的幻觉”

我们总有确信无疑的幻觉——
是别的生命，诸天使或众天神
　　主宰我们
　　逼我们行动。
正如在田野里我们对耕牛
干的那些事，它们懵懂无知，
　　而我们强制它们
　　却不让它们知道原因，
我们人类的意志和精神也一样
是别人用来引导我们
　　去往他们想让我们去往的地方
　　直奔有待实现的欲望的雇员。

1914–10–16

棋手

我听说有一次，在我一无所知的
　　那场波斯战争期间，
正当侵略者洗劫全城
　　妇女惨叫的时候，
两位棋手继续他们
　　没完没了的对弈。

树木的浓荫里他们盯着
　　古老的棋盘，
身边各有一罐葡萄酒，
　　郑重地预备好
在他走棋的时候
　　给他解渴，
他可以舒舒服服坐那儿养神，等着
　　他的对手接招。

房屋燃烧，城墙摧毁，

金银细软的箱子被抢劫；
妇女被强奸，顶在
崩塌的墙上；
孩子们被长矛刺穿，街上
到处是血……
两位棋手岿然不动，
离城里很近
对城中的呼喊充耳不闻，继续下
他们的棋。

即便在寒风刮来的消息中
他们听到尖叫，
想了一下，心里清清楚楚
的确是他们的女人
他们温柔的女儿惨遭蹂躏，
一箭之遥，
即便想到这些的刹那，

一片阴影飞速
掠过他们迷惑茫然的额头，
他们镇定的眼睛还是立刻
充满自信全神贯注于
古老的棋盘。

象牙王岌岌可危，谁还关心
姐妹，母亲
和孩子们的血肉之躯？
车无法掩护
白皇后撤退，正在发生的
劫掠有什么要紧？
对手的国王处于被将军的险境，
这盘棋稳操胜券，
简直不能分神牵挂远处
正在惨死的孩子。

即便一个入侵武士
狂怒的脸
突然从墙上盯着看吓得
一本正经的棋手

倒在血泊里，

　　之前的一刻

他照样沉浸于极度冷漠者

　　至爱的游戏。

让城池陷落，让人民受难，

　　让生命和自由

毁灭，让安全的祖传财宝

　　灰飞烟灭连根灭绝，

要是战争搅了这盘棋，他们就得确信

　　国王没被将死

冲在最前方的那批象牙卒

　　已准备好救车于危难。

我几个兄弟热爱伊壁鸠鲁

　　对他了如指掌

却与我们的看法更多共鸣，

　　让我们从这

冷酷棋手的故事学会如何

　　度过我们的一生吧。

让严肃的事情无关紧要，

　　严重的事情无足轻重，

让本能的天然冲动让位于

　　一场美好比赛带来的

（在和平的绿荫里）

　　轻浮的快乐。

无论我们从这无用的生命获得什么，

　　荣耀也好，名望也罢，

爱情，技巧，或生命本身，

　　全都比不上

对于一场精彩对弈

　　和一次赢了强敌的

比赛的回忆。

荣耀沉甸甸犹如重负

　　名望犹如热病，

爱情累人，热烈地寻求，

　　却从未找到窍门，

而生命哀叹，知道自己在逝去……

　　下棋

绝对让人耗尽心神，败了也
　　没什么，本来就不算什么。

哦，置身于无意识地爱我们的
　　绿荫中，身边一罐
葡萄酒，专心致志于无用的
　　对弈的战果，
即便这比赛纯粹是一场梦，
　　而我们没有对手，
让我们像故事中的波斯人那样行事：
　　无论在哪儿，
无论远近，战争，祖国
　　和生命召唤我们，
让它们召唤去吧，此刻我们在
　　愉悦的绿荫里梦见
我们的对手，而对弈梦见
　　自己无动于衷。

1916-06-01

“我害怕命运，利迪亚……”

我害怕命运，利迪亚，我真苦。
任何能在我生命中
引发新状况的小事
　　都让我受到惊吓，利迪亚。
无论什么事改变了
我平坦的人生道路，
尽管是为了让事情更好而变，
　　就因为它是变，
我就恨，就抗拒。也许众神
允许我的生命是毫无起伏的
绵延的平原，绵延
　　至终点。
尽管我从未尝过荣耀的滋味，从未
得到爱情或应得的尊敬，
只要生命独一无二，只要我度过
　　这样的一生，我就知足了。

1917-05-26

“一首诗再现一阵凉风”

一首诗再现
一阵凉风，
田野里的夏天，
灵魂那空白的
阳光灿烂的庭院……

或，冬天，远方
积雪的峰顶，
我们坐在它旁边，一人
一句唱着《传奇的炉火》，
一首讲述这一切的诗……

而众神准许
这些一文不值的
事情之外的少许欢乐。
也准许
我们不做他想。

1921-01-21

“你只会变成你一向所是的那个人”

你只会变成你一向所是的那个人。
神灵所赐一开始就赐予了。
　　你的命运命运女神
　　只给你一次，因为你只活一次。
你付出与天赋相称的
努力，所获甚少。
　　甚少，如果你本来
　　就没想着更多。
开心地扮演不可抗拒
的角色吧。你仍会拥有广袤的
　　天空庇护你，还有郁郁葱葱
　　或干旱的土地，赐予你四季。

1921–05–12

“我要你这朵花而不是你给我的那朵”

我要你这朵花而不是你给我的那朵。
为何拒绝我没向你要的东西？
　　你会有时间拒绝的
　　在你给了之后。
花，做我的花！如果是这样不肯屈从的心态，
阴沉的斯芬克斯之爪就会拔出你，你将永远
　　流浪，一个荒唐的影子，
　　寻找你未曾给出的东西。

1923–10–21

“何其短暂，这漫长一生”

何其短暂，这漫长一生
和我们的青春！哦，克洛艾，克洛艾，
　　如果我不爱，不畅饮，
　　如果我不是本能地不思不想，
不可更改的法则就会将我压垮，
时光无尽的强加的钟点折磨我，
　　海浪猛冲隐蔽
　　海岸的声音传到
我耳边，那儿阴间
冰冷的百合生长
　　而湍流不知白昼在何处，
　　一阵吱吱嘎嘎的低语。

1923–10–24

“别想在你以为是未来的空间里……”

别想在你以为是未来的空间里
营造，利迪亚，别给自己许诺
明天。放弃希望，今天你是谁
　　就做谁。只有你是你的生命。
你不是未来，别设计你的命运。
在你喝完的这一杯和续满的
同一杯之间，天知道你的好运
　　会不会坠入深渊？

1923？

“在我自负的额头上”

在我自负的额头上
死去的青年黑发正变成灰白。
　如今我目光黯淡。
我的嘴唇已丧失亲吻的权力。
如果你还爱我，看在爱的分上别爱了：
　　别和我一起骗我了。

1926-06-13

“落叶不想重回已经脱离的树枝”

落叶不想重回已经脱离的树枝，
落叶的齑粉不会制成新的树叶。
这一刻开始时终结的时辰
　　永远逝去。
徒有虚名的不确定的未来不会
承诺比终有一死者一再重复的
经历以及万物和我自己
　　丧失的地位更多的东西。
因此，宇宙长河中
我不是一朵浪花，而是连绵的波浪，
无精打采地奔流，没有需求
　　也没有需要服从的神灵。

1926–09–28

“是活生生的果树交出果实”

是活生生的果树交出果实，
而不是一厢情愿的心，心用
　　心中深渊的苍白花朵
　　装饰自己。
你的想象用头脑，用种种事物
雕刻了多少帝国！你那丧失的
　　提前废黜的诸帝国，
　　而你从未拥有它们。
在了不起的对手面前你无法
比毁灭的意图创造更多！
　　放弃吧
　　做你自己的王。

1926-12-06

“睡眠是好事……”

睡眠是好事因为我们从睡眠中醒来
知道它好。假如死亡是睡眠，
　　我们就会从死亡中醒来；
　　假如它不是，我们就不会从死亡中醒来，
那就让我们以我们渴望的一切
拒绝它，只要准许我们
　　判罪的躯体享有囚犯
　　不定期的短暂的休息。
利迪亚，我宁愿过最卑微的生活
也不愿死，我对死亡一无所知，我为你
　　采花——渺小命运的供品。

1927–11–19

“消失的脚留下飞掠的足迹”

消失的脚留下飞掠的足迹
在青草上，回声沉闷地轰响，
　　影子更暗了，
　　一艘船留下白色尾迹——
灵魂也一样，不会更伟大更好，放弃众多灵魂；
已经消失的离开正在消失的。记忆遗忘。
　　死过一回，我们一直在死。
　　利迪亚，我们为自己活着。

1928-01-25

“无论什么终结都是死亡”

无论什么终结都是死亡，如果是为我们
终结这死亡就是我们的。灌木
　　枯萎，我生命的
　　一部分随它而去。
我的一部分留在我观察到的一切中。
无论我看到什么，它消失我也消失，
　　记忆无法从我所是的
　　事物身上认出我看到了什么。

1928-06-07

“让命运拒绝给我一切”

让命运拒绝给我一切除了
　　看见它，因为我，三心二意的
斯多葛派，希望爱上命运女神雕刻的
　　句子中的每一个字母。

1928-11-21

“利迪亚，当我们的秋天……”

利迪亚，当我们的秋天与它包含的
冬天一同抵达，让我们储备
一点点，不是给以后的春天，
　　它属于别人，
也不是给夏天，我们是它的死者，
是给正在消逝的事物残留的部分：
让树叶活着，让它们
　　不一样的此刻的黄色。

1930-06-13

“犹犹豫豫，仿佛被埃俄罗斯遗忘”

犹犹豫豫，仿佛被埃俄罗斯[1]遗忘，
清晨的微风爱抚田野，
　　太阳初现微光。
利迪亚，此刻我们别指望
更强的阳光，更大的风——
　　风不大，毕竟在刮。

1930-06-13

1 埃俄罗斯（Aeolus），希腊神话中的风神。

“不是忌妒我们恨我们的人”

不是忌妒我们恨我们的人
限制和压迫我们；反倒是爱我们的人
　　限制我们。
但愿众神赐予摆脱了所有
爱慕之情的我虚无绝顶处
　　冰冷的自由。寡欲
拥有一切。无欲
彻底自由。一无所有无欲无求，
　　纵然是凡人，经得起神的考验。

1930–11–01

“要么主宰一切要么不事声张”

要么主宰一切要么不事声张。别浪费自己。
　　施舍你所没有的。
你或许是凯撒大帝，又有何用?
　　享受你那小人物的乐趣吧。
你得到的陋屋比起你应得的宫殿
　　是更好的庇护所。

1931-09-27

“谁都不爱他人”

谁都不爱他人；谁都只爱
他在别人身上发现的自己。
假如别人不爱你，别烦恼。他们意识到
　　你是谁，你是陌生人。
做自己吧，即便从未被人爱过。
对自己确信无疑，你就能忍受
　　少许的悲痛。

1932-08-10

“什么都没留下……”

什么都没留下。我们什么都不是。
阳光下空气中我们暂时摆脱
我们将被迫忍受的
　　潮湿地球窒息的黑暗——
那些搁置的会繁殖的尸体。

消亡的法律，可见的雕像，完成的颂歌——
万物皆入坟墓。假如我们，内心的太阳
制造的一堆乐观的肉
　　必须完蛋，凭什么它们永存？
我们是讲故事的故事，什么都不是……

1932-09-28

“你不喜欢的每一天都不是你的”

你不喜欢的每一天都不是你的：
你只是虚度而已。如果没有乐趣，
　　无论过得怎样，都是白过。
没人逼你去爱，去痛饮，去笑。
水塘上太阳的反光
　　足够了，如果它让你欢喜。
那些将他们的欢喜放在卑微事物
身上的人是快乐的，永远能享受
　　每一天的天然的财富。

1933-03-14

“你独自一人”

你独自一人。无人知道。安静，伪装，

　　并非杜撰的伪装。

不盼望任何东西而你尚未一无所有。

　　每个人做自己最重要。

你拥有太阳如果有太阳，拥有树木如果你向树木走去，

　拥有财富如果它属于你。

1933-04-06

“我爱我见到的事物……”

我爱我见到的事物因为总有一天
　　我再也见不到。我也
　　因它活着爱它。
这宁静的时刻我通过爱
　　而不是通过活着感知我自己，
　　我爱万事万物，我爱我自己。
原始的众神无法赐予我
　　更好的东西，好像他们真想给——
　　他们，同样什么都不懂。

1934-10-11

“我那毁掉蚂蚁窝的手”

我那毁掉
蚂蚁窝的手
它们肯定以为出自神圣血统，
而我绝不自以为神圣。
众神也许
同样不把
自己当作神，之所以在我们眼里是神
只因为他们比我们伟大。
无论如何，
我们不要完全
忠于一种或许尚未确立的信仰，
我们信仰的是那些未来的神。

“假年份假季节”

假年份假季节四次
变迁，在永不变迁的
　　光阴的进程里。
郁郁葱葱后大旱，大旱后郁郁葱葱，
无人知道孰先
　　孰后，它们终结。

“我只求众神别理我”

我只求众神别理我。
不受好运厄运掌控，我就会自由。
　　像那阵风，它是空气的生命
　　而空气什么都不是。
爱与恨都想占有我们，
都用自己的方式压制我们。
　　众神什么都不许给
　　他们的那些人，是自由的。

*

阿尔瓦罗·德·坎波斯

*

重游里斯本（1923）

不，任何东西我都不想要。
我说了任何东西我都不想要。

别带着一堆结论来我这儿！
死亡是唯一的结论。

别向我兜售美学！
别跟我扯道德！
形而上学拿走！
别指望向我贩卖完整的体系，别用科学的（科学的，天啊，
科学的！）——科学的，技术的，现代文明的
重大进展来烦我！

我给了众神怎样的损害？

如果你真理在握，你还是留着吧！

我是技术员，我的技术很少用在技术领域，
除非是我痴迷的事情，我完全有权这么干。
完全有权这么干，明白了？

看在上帝分上，别来烦我！

你想让我成家，纳税，碌碌无为，不越雷池半步？
你想让我反其道而行之，反一切之道而行之？
如果我不是我，我肯定听你的。
但我是我，住嘴吧！
滚一边儿去，
要么我滚！
干吗非得粘在一起？

别抓我胳膊！
我不喜欢有人抓我胳臂。我想自己待着。
我跟你说了我只能自己待着！

我对你想让我去扎堆烦透了！

哦蓝天——还是童年看见的那个蓝天——
完美虚空的不朽真理！
哦温柔，沉静，祖先的特茹河，
天空将微不足道的真理倒映河中！
哦，重游昔日里斯本，多悲伤！
你什么都没给我，什么都没从我这儿拿走，我意识到你就是我——什么都不是。

别打搅我！我不会逗留太久，我从不逗留太久……
既然寂静和地狱还在路上，我想自己待着！

1923

重游里斯本（1926）

什么都不能约束我。

我同时想要五十件东西。

我用馋肉的那种渴望渴望

我不认识的东西——

某种确实无法确定的东西……

我辗转难眠，活在一个忽睡忽醒的入睡者

一阵阵的梦境里，半梦半醒。

所有正对着我的抽象并且必要的门突然关上。

所有的窗帘放下，遮住我能从街上看到的每一种假想。

我找到那条小巷，没找到我拿到的那个地址的门牌号。

我醒来去过我在睡梦中过的同一份生活。

就连我梦见的军队也已溃败。

就连我的梦也像是假的在我梦见他们的时候。

就连我仅仅渴望的生活也让我筋疲力尽——就连那种生活……

时不时地，我明白；
我在疲倦暂缓时写作；
一种连自己都烦透了的厌倦将我扔到岸上。
我不知道何种天命或未来等着我那海浪上漂流的焦灼；
我不知道哪座不可能存在的南海岛屿等着我，一个海上遇难者，
哪片文学的棕榈林至少赐予我一首诗。

不，我这也不知道，那也不知道，什么都不知道……
在我心灵深处，我梦见所有梦见过的，
在我灵魂的九霄云外，我毫无缘由铭记于心的地方，
（而过去是虚伪眼泪的一阵天然的雾）
在远方森林——我以为我就是在那儿
活着——的道路和小径上
在那儿，我那梦中尚未溃散的军队
和我那不存在的军团因上帝而湮灭，
全都在混乱中逃散，最终幻觉
的最后残余。

我又看到你了，

我那令人震惊的迷失的童年的城市……
欢乐与悲哀之城，我又在这儿做梦……
我吗？是在这儿活过，又回来，一而再
再而三回来，并且还要回来
的那个我，同一个我？
要么是我们——所有的我是在这儿待过的我或在这儿待
过的那些我——
一粒粒存在之珠被一根记忆的细绳串在一起，
一系列我被我之外的某人梦见的梦？

我又看到你了，
怀着一颗更遥远的心，一个更不属于我的灵魂。

我又看到你了——里斯本，特茹河，还有别的地方——
对你，对我本人来说，一个一无是处的旁观者，
在这儿像在任何地方一样，一个外人。
偶然出现在生活里就像偶然出现在我灵魂里，
一个鬼魂，穿过记忆的一个个大厅，在被诅咒
必须存在的城堡里耗子的尖叫
和地板的嘎吱嘎吱声中徘徊……

我又看到你了，

一个影子穿行在更多影子中，在像一艘船的航迹

被海水吞噬归于死寂般

消失于暗夜之前，在不知光源的

惨淡光线中刹那闪亮……

我又看到你了，

但是啊，我看不到我自己！

我一向盯着同样东西看的魔镜碎了，

每一块命中注定的碎片中我只看到一小片我——

一小片你和一小片我！

1926-04-26

“远方那些灯塔”

远方那些灯塔
和它们骤然亮起的强光，
还有飞快地恢复原貌的黑夜与缺席，
今夜，在这甲板上——唤起了痛苦！
我们最后一次为撇在身后的那些伤心，
虚构地想……

远方那些灯塔……
生命的不确定……
又亮了，飞速胀大的光，掠过
我漫无目标的失神的目光。

远方那些灯塔……
生命毫无用处。
想到生命毫无用处，
想着想到生命毫无用处。

我们走远了，强光开始暗淡。

远方那些灯塔……

1926-04-30

“开着雪佛兰”

开着雪佛兰走在去辛特拉的路上，
在月光下，在梦中，在荒凉的路上，
我独自开车，我慢慢开，好像是，
要么就是我自以为好像是，
我正沿着另一条路，另一个梦，另一个世界往前开，
我往前开，身后没有里斯本，前方没有辛特拉，
我往前开，除了一刻不停地往前开，还能怎样？

我会在辛特拉过夜因为我无法在里斯本过夜，
到了辛特拉我又要为没留在里斯本懊悔。
总是这荒谬，不相干，无用的烦躁，
总是，总是，总是
这无来由的惊人的内心焦灼，
在去辛特拉的路上，在梦的路上，在生命的路上……

受我下意识开车动作影响，
这辆借来的车携带我，和我一起跳跃前进。

想到这象征同时向右转，我笑了。
我用了多少借来的东西，为了在人世向前走！
我驱遣多少借来的东西，好像它们真属于我！
哎哟，我的多少我自己是我借来的！

道路左边一间小屋——没错，一间小屋。
道路右边开阔的乡土遥远的月亮。
这辆最近似乎赋予我自由的车
现在成了将我困在其中的东西，
一种唯有我困在其中我才能驾驶的东西，
一种唯有我中有它它中有我我才能控制的东西。

我左后方那简陋小屋——比简陋还寒酸……
屋里的生活必是快乐的，就因为不是我的。
无论谁透过小屋窗户看到我，肯定会想：那家伙是快乐的。
也许对于从顶楼窗户向外盯着看的孩子来说
我（连同我借来的车）看上去像一个梦，一个魔幻的存在变成活人。
也许对于听到汽车声音就从一楼厨房窗口往外看的姑娘来说，
我像所有姑娘心中的白马王子，

她会透过窗户一直看直到我在转弯处消失。

我该把梦留下，还是这辆车把它们留下？

我是借来的这辆车的驾驶者，还是我正在开的这辆借来的车？

月光下，去辛特拉的路上，满心悲伤，田野和黑夜在我前方，

开着借来的雪佛兰，感觉到被遗弃，

我在随后的路上迷失了我自己，消失于正在行驶的路段，

突然陷入一种狂暴，剧烈，莫名其妙的冲动

我加速……

我的心却依然回到我绕开它们视而不见的那堆石头，

在小屋门口，

我空虚的心，

我不满的心，

我那比我更人性，比生命更正确的心。

开往辛特拉的路上，接近午夜，月光下开车，

开往辛特拉的路上，苦思冥想到筋疲力竭，

开往辛特拉的路上，辛特拉近在眼前，

开往辛特拉的路上，我自己远在天边……

1928-05-05

云

这悲伤的日子我的心比日子更悲伤……
道义和公民责任？
错综复杂的义务与因果之网？
不，什么都没有……
悲伤的日子，对一切都漠然……
什么都没有……

别人旅行（我也旅行），别人阳光普照
（我也阳光普照，或想象我阳光普照），
别人有目的，有生活，有相应的无知，
自大，幸福，善交际，
他们乘仅仅运送他们的船移民
为了有一天又回来，或不回来。
他们感觉不到潜伏在每一次离别中的死亡，
每一次抵达后边的神秘
和一切新事物中的恐怖……
他们感觉不到：所以他们成了特派员和金融家，

作为公职人员去跳舞，去上班，

去看戏，去交际……

他们感觉不到——凭什么他们非得感觉到？

让上帝的牛栏里这些穿衣服的牛

欢快地走过，作为祭品戴上花环，

晒得暖洋洋，欢快，活跃，对感觉到的一切心满意足……

让他们去，但是哎哟，我和他们去往同一目的地

连个花环都没有！

我与他们同行，没有感觉到阳光普照，没有自己的生活，

我与他们同行，没有无知……

这悲伤的日子我的心比日子更悲伤……

这悲伤的日子每一天……

这无比悲伤的日子……

1928-05-13

英吉利风的歌

我与太阳和群星决裂。我不理睬世界。
我带上所有熟悉的东西，装进小箱子。
我旅行，购买废物，发现不确定性，
我的心一如往昔：一片天空，一座沙漠。
我不知道我是谁，不知道我要什么，不知道我知道什么。
没有黑暗能窒息我，没有光明能唤醒我：我完全没有灵魂。
我什么都不是仅仅是厌恶，仅仅是空想，仅仅是渴望。
我是某种离自己很远的东西而我还在走，
正因为我的存在比我的不在更舒畅，
像一口痰，粘住世界的一只轮子。

1928-12-01

讽刺诗

所有巴比伦的劳埃德·乔治
都被历史彻底遗忘。
埃及亚述的白里安们，
古希腊古罗马这个那个
殖民地的托洛茨基们
都湮灭，纵然名字刻在碑上。

只有一个写诗的傻瓜
或一个发明哲学的疯子
或一个古怪的几何学家
能幸免于成为茫茫黑暗中
被遗弃，历史不屑一顾的
恒河沙数微不足道者中的一员。

哦，你们，当下的伟人！
哦，了不起的光彩照人
逃避湮灭无闻之命运者！

享受你们拥有的，别思考！

珍爱你们的声望和佳肴，

因为明天属于今天的傻子！

1928年末？

碰巧

在一切都是碰巧的街上那位金发姑娘碰巧经过。
但不是她，是另一位。

另一位姑娘在另一条街上,另一座城市,而我是另一个人。

突然，我走出眼前的景象，
回到另一座城市，走在另一条街上，
另一位姑娘走在我身旁。

拥有一份固执的记忆有什么好处！
如今我后悔再也没见过另一位姑娘，
我后悔甚至不曾看看这一位。

将灵魂里里外外翻个遍绝对有用！
至少可以完成一些诗篇。
诗写完了，诗人被当成疯子：又被当成天才
碰巧，或者不巧——

多奇妙的名家！

我说至少完成一些诗篇……
这首是关于一位姑娘，
一位金发姑娘，
到底哪位？
很久以前我在另一座城市见过一位，
在另一种街上，
很久以前我在另一座城市见过这位，
在另一种街上。
因为所有记忆都是一回事，
所有往事都是同样的死，
昨天，今天，说不定还有明天。

一位路人漫不经心却又好奇地看着我。
可能吗，我正摆足架势紧锁眉头写诗？
也许……是那位金发姑娘？
说到底是同一位姑娘……
说到底一切都一样……

唯有我，某种意义上不一样，归根结底还是一样。

1929-03-27

声音

我的灵魂打碎了像个空花瓶。
无可挽回地滚下楼梯。
从粗心大意的女仆手中摔下去。
摔下去，裂为比花瓶之瓷更多的碎片。

胡说？不可能？我也不能确定！
我比我自在舒畅时拥有更多的感觉。
我是门前擦鞋垫上需要抖落的碎渣。

我的坠落发出花瓶砸碎的刺耳声音。
众神俯身于楼梯扶手
看着他们的女仆将我摔成的碎片。

他们没冲她发火。
他们原谅。
我是什么，仅仅是个空花瓶？

他们看着荒唐的有意识的碎片——
意识到自己而不是众神。

他们看，他们笑。
他们宽容地对着无意中失手的女仆笑。

大楼梯延伸，铺上星星的地毯。
一个碎片闪光，发亮的一面向上，在天穹的躯体中。
我的作品？我原始的灵魂？我的生命？

一个碎片，
众神盯着它，被它迷住，想不通为何它在这里。

1929？

几乎

将生活归置得井井有条，将我的意志和行为放在架子上，
我想这样，我一直想这样，结果总是一样。
要是做事能绝对专心——坚定不移
——多好！

我打算把确定性装进手提箱，
我打算整理《阿尔瓦罗·德·坎波斯》，
明天还是会停在老地方像前天一样——
总是停在前天……

料到终将一事无成，我笑了。
起码我笑了：也算做了件事吧。

我们都是浪漫主义的产物，
如果不是浪漫主义的产物，可能我们什么都不是。

文学就是这么诞生的……

生命也是（对不住了，上帝！）这么诞生的。

其他人也都是浪漫主义者，
其他人也都是一无所获要么富要么穷，
其他人也都是看着必须装满的手提箱虚度一生，
其他人也都是挨着胡乱堆放的报纸入睡，
其他人也都是我。

小贩叫卖货品像唱一首无人知道的圣歌，
政治经济学仪表内小小的嵌齿轮，
帝国瓦解时死去的那些人此刻或未来的母亲，
你的声音在我听来像没头没脑朝着茫茫荒野的呼唤，像寂静的生活……

我从我心想着干脆别整理了的报纸上抬起头
透过我没看见的窗户——正好听见小贩吆喝，
我那笑到一半的笑，在我大脑的形而上学中笑完了。

坐在凌乱的书桌前，所有的神我都不信，
我无所畏惧直视命运因为我被一个小贩吆喝得走了神，
我的厌倦是荒凉海岸一艘腐烂的老船，

套用另一位诗人的这个意象我关上书桌，结束这首诗。

像个神，我既未收拾好真理，也未安顿好生命。

1929-05-15

牛津郡

我想行善，我想作恶，到头来我什么都不想。
我辗转难眠，向右睡不舒服，向左睡不舒服，
睡在存在的意识上也不舒服。
我浑身上下不舒服，玄而又玄地不舒服，
更糟的是我还头痛。
比宇宙的含义更让人担心。

有一次，走在牛津郡周边的乡间，
我抬头，目光越过道路转弯处，看见
教堂尖顶高耸于村屋上方。
那将来未来者的逼真图像属于我
像一道打横的褶皱毁了裤子折缝。
今天它似乎意味深长……
在路上我把教堂尖顶和灵性联系在一起，
世世代代的信仰，实质上的博爱，
当我来到乡村，教堂尖顶只是教堂尖顶，

重要的是，它在那儿。

你在澳大利亚会很快乐，如果你没去那儿。

1931-06-04

“没错，这是我”

没错，这是我，我本人，我最终成为的人，
我自己的一件附属品或我自己的多余部分，
我那狗啃的郊区般的真挚感情——
我是那个在我自己之中的人，这是我。

无论从前我是什么不是什么——都在现在这个我身上。
无论从前我想要什么不想要什么——这一切塑造了我。
无论从前我爱过什么不再爱什么——对我来说是同样的
乡愁。

而我也有这种印象——有点前后矛盾，
像源自乱糟糟现实的一个梦——
梦中我把自己留在有轨电车座位上，
好让随便哪位打算坐在邻座的人找到我。

而我也有这种印象——有点儿迷糊，
像某人在黎明的昏光中醒来试图记住的一个梦——

有某种比我本人更好的东西在我身上。

没错，我也有这种印象——有点儿痛苦，
从醒于无梦的睡眠，进入满大街债权人的白昼开始——
我把一切都搞砸了，像绊倒在擦鞋垫上，
我把一切都搞错了，像没装洗浴用品的手提箱，
我在我生命的某一刻用某物取代了我自己。

够了！就是这印象——有点形而上，
像从我们正打算遗弃的房屋窗口看见的最后的太阳——
做个孩子比追究世界真相好多了。
对玩具和涂满黄油的面包的印象，
对没有珀耳塞福涅的花园巨大宁静的印象，
对那种对生活无比热情的印象，面孔紧贴窗户，
看雨在户外吧嗒吧嗒
而不是我们喉头一阵紧缩流出的成年人的泪水。

够了，该死的，够了！这是我，一个调任的人，
一个没带介绍信又没有任何证明的密使，
绷着脸的优伶，身穿别人大一号衣服的小丑，
帽子上的铃铛叮当响
像牛颈铃压迫他脑袋。

这是我，我本人，晚餐后
乡间起居室里谁都猜不出的节奏单调的谜语。

这是我，正是我，对此我完全无能为力！

1931-08-06

哦，一首十四行……

我的心是一位疯癫的舰队司令，
他辞别海上生涯
在家里踱来踱去，零零星星地
回想往事……

借助这种运动（仅仅是想着
就让我在椅子上动来动去）
早年远航的大海依然在他
痛恨死寂的肌肉深处动荡。

怀乡病深入他的四肢百骸。
怀乡病从他的大脑里涌出。
他的百无聊赖变成胡言乱语。

但——天哪，如果从前
心灵是我的主题，为何这首诗不是
和感觉而是和舰队司令搅在了一起？

1931-10-12

“轻点儿说话，这是生活”

轻点儿说话，这是生活，
生活和我对生活的意识，
因为黑夜挺进，我累了，睡不着，
如果我走到窗前
我看见，就在野兽眼皮底下，群星浩瀚的居所……
我混过白天盼着夜里好好睡一觉。
现在是深夜，天都快亮了。我困了。睡不着。
我感觉到，由于疲惫，我成了全人类。
是那种几乎将我的骨头变成肉的疲惫……
我们都是同样的命……
翅膀被攫住的苍蝇，在人世
东倒西歪的我们，跨在陷坑上的蛛网。

1931–10–21

“我在午夜和它的寂静中醒来”

我在午夜和它的寂静中醒来。
我看见——滴答滴答——离天亮还有四小时。
失眠令人绝望，我推开窗户。
看见马路对面有人，
另一扇亮着灯的十字图案长方窗户！
暗夜中的兄弟！

偶然出现的暗夜中秘密的兄弟！
我们都醒了，而人类不知道。
人类昏睡。我们开灯。

你是谁？病人，伪造者，要么和我一样，只是一个
失眠症患者？
没关系，此地，这不朽，无形，无边的
暗夜，人类中只有我们的两扇窗户，
只有宁静之心般的我们的两盏灯。
此地，此刻，互不相识，我们是全部的生命。

在我公寓里屋窗口，
感觉到木窗台上夜的潮气，
我将身子探出窗外，向着无限，也略微向着自己。

就连公鸡也无法打破这无言的决定性的寂静！
你在做什么，亮着那扇窗户的同志？
是我，受困于失眠，梦见生活？
你那隐秘窗户半圆的黄色光晕……
奇怪的是：实际上你没电灯。
哦，我迷失的童年的煤油灯！

1931-11-25

赞美歌

这内心的暗夜——宇宙——何时了结
让我——我的灵魂——交上好运?
何时我从觉悟中醒来?
我不知道。太阳在高空照耀
不可直视。
星辰冷酷地闪亮,
难以计数。
心脏孤零零跳动,
无法听见。
何时这无剧场的大戏
——这无戏上演的剧场——终结
让我回家?
何处?何时?如何办到?
哦猫儿用生命之眼逼视我,谁藏在你里边?
是他!是他!
像约书亚[1]他会勒令太阳停下,而我将醒来,

1　约书亚(Joshua),《圣经》人物,古代以色列人首领摩西的继承者。

天会大亮。

笑吧，我的灵魂，在安睡中！

笑吧，我的灵魂：天要亮了！

1933–11–07

原罪

谁将写出可能是他的那东西的故事?
如果有人写出来,
会是真正的人类史。

存在的是真实世界——仅仅是世界而不是我们。
实际上我们并未存在。

我是我没能成为的那个人。
我们都是我们假想的那种人。
我们从未抵达我们的本体。

我们的真实怎么了——童年窗口的梦?
我们的确定性怎么了——今后的伏案计划?

晚餐后斜靠在椅子上,脑袋贴在
交扣的双手上,双手搁在
阳台窗户高高的窗台上,陷入沉思。

我的现实怎么了，我拥有的仅仅是生活吗？
我怎么了，以至我仅仅是那个存在的人？

我做过多少回凯撒！

以我怀着某种诚实的灵魂；
以我怀着几分正义的想象；
以我不乏几分依据的才智——
天啊！天啊！天啊！——
我做过多少回凯撒！
我做过多少回凯撒！
我做过多少回凯撒！

1933-12-07，世界

“里斯本有五颜六色的房子”

里斯本有五颜六色的
房子，
里斯本有五颜六色的
房子，
里斯本有五颜六色的
房子……
正因为形形色色，这光景太单调，
正如，正因为感觉，我除了思考什么也不做。

夜里，躺着，醒着，
睡不着，处于无用的清醒状态，
我试着想象某种东西
但总是另一种东西浮现（因为我昏昏欲睡
困得不行，有点恍惚）。
我试图将想象的领土拓展至
异想天开的境地，胡乱延伸的棕榈林，
但我在我

眼睑内某种屏幕对面看到的
都是有着五颜六色
房子的里斯本。

我笑了因为在这儿躺着是另一回事。
正因为单调，它才不同。
正因为是我，我才酣然入睡忘记我存在。

在我之外活着，睡着后我忘得一干二净的
是有着五颜六色
房子的里斯本。

1934-05-11

“街对面的房子……”

街对面的房子
正对着我和我的梦，那里边多幸福！

里边住的是我不认识，我看到他们又没看到的人。
他们幸福，因为他们不是我。

高高的阳台上嬉戏的孩子们
永远活着，毫无疑问，
活在一个个花盆中间。

屋里传出的声音
总是歌唱，毫无疑问。
是啊，他们该唱。

这边宴饮，那边同样宴饮，
一定是这样，那儿一切都一致：
人与自然一致，因为城市就是自然。

不做我是多大的幸福!

别人没这种感觉吗?
哪些别人?没有别人。
别人感觉到的是一个关上窗户的家,
他们开窗
是要让孩子们在带栏杆的阳台嬉戏,
在一盆又一盆我不认识的鲜花中间。

别人从来不去感觉。
我们是那种感觉的人。
没错,我们全是,
连此刻什么都感觉不到的我,也是。

什么都感觉不到?喔……
一种算不了什么的轻微的痛苦……

1934-06-16

“我下火车”

我下火车
跟我偶遇的那位道别。
我们共处十八个小时，
聊得高兴，
旅途上的友情，
我难过，要下车了，难过，要离开
不知其名的偶遇的朋友。
我感觉到眼中噙满泪水……
每一次离别都是一次死亡。
是的，每一次离别都是一次死亡。
在我们称为生活的这趟列车上
我们出现在对方的生活中纯属偶然，
下车时间一到我们都难过。

人类的一切都让我感动，因为我是人。
人类的一切都让我感动并非因为我热衷于
人的观念或人的信条

而是因为我与人类有着无限的友情。

那个不愿离开的女仆
在哭，她留恋
她在那儿受到虐待的那户人家……

这一切在我心里，是死亡和世界之痛。
这一切因为死了而活着，在我心里。

我的心比整个宇宙大一点。

1934-07-04

“多久了，从我上次能写长诗……”

多久了，从我上次能写长诗
到现在！
很多年了……

我已丧失那种有节奏地展开，
让观念和形式
灵肉一体
共同推进的能力……

我已丧失曾经给我
内心确凿感的一切……
留给我的还有什么？
太阳，不用我召唤就在那儿……
白昼，不需要我努力尽本分……
轻风，或无风，
让我意识到空气……
和别无所求的爱家的利己主义者。

但是，哦，我的《凯旋颂》
和它的直线运动！
哦，我的《海洋颂》
和它在第一诗节，反诗节和第三诗节的发展！
还有我的计划，我全部的计划，
——我所有颂歌中最伟大的颂歌！
还有那终结的，至高的，难以置信的颂歌！

1934-08-09

“开始了，午夜的寂静降临”

开始了，午夜的寂静降临
构成了这幢公寓楼的
里面堆满生活的不同楼层。
五楼的钢琴不弹了。
四楼的脚步声听不到了。
一楼的收音机没声音了。

万物都要睡了……

我独自和整个宇宙在一起。
甚至不想走到窗前。
如果向外看，我会看到怎样的星辰！
高耸的寂静多么浩瀚！
天空与大都会正相反！

我不是隔绝在
不该隔绝的欲望里，

而是热切地听着街头的喧哗。

一辆汽车——嗡！——惊醒我……

成双的絮语的脚步对我说话……

关门时粗暴的咣当一声刺痛我……

万物都要睡了……

只有我醒着，严肃地听着，

睡前

还等着某种生灵。

某种生灵……

1934-08-09

“我摘下面具望着镜子”

我摘下面具望着镜子。
还是那个多年前的孩子。
根本没变……

这就是知道如何摘除面具的好处。
你还是孩子，
是活着的过去，
是孩子。

我摘下面具，又戴上。
这下好多了。
这下我成了面具。

而我回到正常犹如回到有轨电车终点站。

1934–08–11

“我，我本人……”

我，我本人……
我，世界所能制造的
所有疲惫都在我身上……
我……

一切，最终，因为一切都是我，
甚至满天星辰，也好像
从我口袋溜出去晃孩子们的眼。
我不认识的孩子们……
我……

不完美？不可思议？神圣？
我不知道。
我……

我有过去吗？当然有。
我有现在吗？当然有。

我有未来吗？当然有，
即便难以持久。
但我，我……
我是我，
我还是我，
我……

1935–01–04

回家

上次写十四行是好多年前，
无论如何我还要再写一首。
十四行属于童年，如今
我的童年只是一个黑点，

它把我从列车——它就是我——一动不动
却又不断前进的旅程中扔下去。
而十四行像某人栖居于（两天了）
我大脑持续的沉思中。

谢天谢地我还记得
它需要整整齐齐的十四行，
所以人们知道去哪儿找到它们……

但人们在哪儿，我在哪儿，
我不知道又无法满不在乎，
无论我知道什么，都扯淡。

1935-02-03

“是啊，一切都好”

是啊，一切都好。

全都完美无瑕。

除了一件事：完全搞砸了。

我知道我的楼房刷成灰色，

我知道我住的是几号楼，

我不知道但是可以在

为那个而设的税务局查到它的估价。

我知道，我知道……

我也知道有人住在这儿，

而公用税务局不会因为我

邻居儿子死了就免她的税。

而这个局那个署无法阻止

楼上夫人的丈夫跟她妹妹私奔。

但一切，当然了，都好……

是真好，除了那件事完全搞砸了。

1935-03-05

“我头晕”

我头晕。
睡得太多想得太多要么就是
睡得也多想得也多所以头晕。
我只知道我头晕。
不知道我是否该从椅子中起来
也不知道怎样起来。
我头晕——就这样吧。

我用生活
制造了怎样的生命？
根本没有。
一切都是立刻发生。
一切都是完全相似。
一切都是反常与荒诞的作用，
一切本质上什么都不是……
所以我头晕。

现在

每天早晨醒来我都

头晕……

是啊，头真晕……

不确知我姓甚名谁，

不确定我身在何处，

不确定我是个什么，

全都稀里糊涂。

如果事情就是这样，也就这样了。

所以我还是待在椅子里。

我头晕。

没错，我头晕。

我还是坐在那儿

头晕。

是啊，头晕。

头晕……

头晕……

1935–09–12

直行的诗

我从未见识过遭受打击的人。
我所有的熟人方方面面都呱呱叫。

我呢，总是衣衫褴褛，总是令人憎恶，总是可鄙，
我，总是并且无疑是个寄生虫，
脏得不可饶恕，
我，总是太懒澡都不洗，
我，总是滑稽又荒唐，
大庭广众之下绊倒在礼仪地毯上，
一直怪怪的，委琐，谄媚又傲慢，
一直蒙羞受辱一声不吭，
而当我提高嗓门，一直都是加倍滑稽，
我，一直是女服务员的笑柄，
一直感觉到看门人背着我使眼色，
永远囊中羞涩，借钱从来不还，
当拳头就要砸过来，总是逃到
打不到的地方——

我，被这些最委琐的事弄得痛苦不堪，
确信世上没人比我可怜。

我认识的人谁都没做过滑稽的事情，
跟我说话的人谁都没受过羞辱。
他们永远是生活的骄子，他们中的每一位……

要是我能听到有人
不认罪只承认丑行，
不说暴行只提懦弱，多好！
不，我听他们说话的所有人——如果是对我说，都是完人。
大千世界，谁会向我承认他曾是卑鄙货色？
哦骄子们，兄弟们，
我说了我绝对无法忍受神一般的家伙！
大千世界人们都在哪儿？

我是人世间唯一总是出错永远可鄙的人吗？

也许他们从未被女人爱过，

也许他们一直受骗——但要让他们滑稽可笑，休想！

而我，从未受骗却一直滑稽可笑——

要怎样我才能口齿伶俐地跟上司说话？

我，一直可鄙，绝对可鄙，

这个词最卑劣最低贱意义上的那种可鄙……

在那边，我不知道是哪里

动身旅行前那天，铃声大作……
如此尖锐的信号，我不需要！

在看到轰隆隆到达的列车向我这边
靠近之前，在我肚子吃太饱
感觉到真要出发之前，
在我迈开每逢出发
就不可抑制地激动的双脚上车之前，
我想好好享受火车站（它是我的灵魂）的宁静。

就在此刻，当我在今天的小站抽烟，
我感到好像多少还是有点爱从前的生活。
一种最好抛弃的无用的生活，是一座监牢吗？
有什么关系？整个宇宙是一座监牢，而囚犯就是囚犯
无论他的监牢多大。
我的烟抽起来像马上要晕船。火车已从另一个车站
开出……

再见了，再见，所有没来给我送行的人，
再见了我那难以理解无法忍受的家庭！
再见了今天！再见了,今天的小站！再见了,生活,再见！

留下，像某人遗忘的贴了标签的行李，
在铁轨另一侧候车区某个角落。
等着列车开走车站员工发现——
“这不是刚刚走掉的那家伙落下的吗？”

留下，仅仅是动一下出发的念头，
留下，正常一点，
留下，别那么气馁……

我走向未来仿佛参加很难通过的考试。
如果火车永远不来上帝会不会可怜我？

我看见自己在火车站直到现在它只是一个隐喻。
我是经得起挑剔的。
显然——据说——我在国外待过。
显然我很有教养十分礼貌。
拒绝行李员像拒绝罪孽，我紧抓住小提箱，

手和箱子都颤抖。

出发！
我永不回头，
我永不回头因为无处可回。
人们返回的永远是不同的地方，
人们返回的从来不是同一座车站。
人不一样，光不一样，人生哲学也不一样。

出发！老天啊，出发！我怕出发！……

“我们在里斯本商业街偶遇”

我们在里斯本商业街偶遇，他追上我
破衣烂衫，满脸职业乞丐相，
带着热乎劲儿向我靠近，想让我同情他，
我的回应是以明明白白过分热情的姿态倾囊而出。
（当然，除了口袋里更多的钱：
我不傻，不是狂热的俄国小说家，
我只是一个适度的浪漫派……）

我同情他这样的，
尤其是不值得同情的人。
没错，我也是乞丐，我也是流浪汉，
同样不赖别人只怪自己。
做乞丐做流浪汉并不意味着你真是乞丐流浪汉：
只意味着你被排斥在社会等级之外，
意味着你无法适应生活规范，
生活中现实的或情感的规范——
意味着你不是高等法院法官，朝九晚五职员，也不是妓女，

不是货真价实的穷人，不是受剥削的工人，
不是绝症患者，
不是渴望公平的人，也不是骑兵军官，
总之，不在小说家笔下的社会类别里，
小说家纸上滥情因为他们有正当的理由涕泗滂沱，
他们反抗社会因为正当的理由让他们相信自己是叛逆。

不：什么都可以除了正当的理由！
什么都可以只是别关心人类！
什么都可以只是别宣告人道主义！
感情有什么用如果它需要客观的理由？

是啊，像我这样做乞丐做流浪汉
恰好不仅仅是做乞丐做流浪汉，否则太平淡无奇；
做流浪汉是因为你的灵魂孤绝无援，
做乞丐是因为你不得不乞求光阴逝去别管你死活。

其他人都蠢得像陀思妥耶夫斯基或高尔基。
其他人都将饥肠辘辘或赤身露体。
即便发生这种事，也是发生在太多人身上
所以不值得操心，操心那些苦命临头的人。
在最真实的也就是象征性的感觉中，我是乞丐是流浪汉，
我在对自己发自肺腑的悲悯中打滚。

可怜的阿尔瓦罗·德·坎波斯！
与世隔绝！如此压抑！
可怜的家伙，陷在忧郁的扶手椅中！
可怜的家伙，正是这天，眼中噙满（真正的）泪水
一副慷慨大度的莫斯科人做派，
倾囊而出——从口袋里掏了一点——
给那位不穷的穷人，他有一双职业乞丐的悲伤的眼睛。
可怜的阿尔瓦罗·德·坎波斯，无人关心！
可怜的阿尔瓦罗，垂头丧气！

是啊，可怜的家伙！
比太多四处流浪的流浪汉
比太多要饭的乞丐更可怜，
因为人类的灵魂是深渊。

我该知道。可怜的家伙！

能在灵魂深处的示威集会中造反，太好了！

但我不傻！

我没理由与社会藕断丝连。

我完全没理由，我很清醒。

别想拐弯抹角说服我：我很清醒。

正如我说：我很清醒。

别兴高采烈跟我提美学：我很清醒。

住嘴！我很清醒。

假日疗养院

山中疗养院夜晚的寂静……

夜里这寂静

被看门狗零零星星的吠声变得尖利……

夜色中某物

轻微的嗡嗡声沙沙声凸显了这寂静……

哦，这一切真难忍！

像欢乐一样难忍！

对别人来说，多好的田园生活！

伴随着繁星密布的天空下小东西单调的

嗡嗡声沙沙声，

伴随着加深了浩瀚寂静的犬吠！

我来这儿放松，

却忘了把自己扔在家里。

我把根深蒂固令人苦恼的意识，模糊的

憎恶，自我觉醒的含混的折磨带来了。

总是这份一点点嚼碎的焦灼，

像黑干面包碎成屑，掉在地上。
总是这份小口小口咽下的苦味的心神不宁，
仿佛那个连恶心都无法吓住他的酒鬼的杯中物。
总是，总是，总是
我灵魂的这种可怜的循环，
我感官释放的这种黑涂料，
这种……

那天，你纤弱的双手略显苍白，有点
像我的手，安安静静放在腿上，
别的姑娘会把剪刀顶针放在腿上。
你坐在那儿神思恍惚，看着我好像没看见。
（我想起这个为的是有件事想都不想就想起）
突然，轻轻叹了口气，不再是原先那样。
清醒地看着我说：
“可惜不能每天都像这样。”
像什么都没发生的那天……

唉，你不知道，
幸亏你不知道，
真正可惜的是所有的日子都像这样，像这样……

真正可惜的是，无论快乐还是愁苦，

灵魂必须喜爱或忍受万物深奥的单调，

无论有意识无意识，

思考没思考，

可惜的是这个……

我照相般想起你倦怠的双手

安安静静放在那儿。

此刻，我记得更清楚的是这双手而不是你。

你遇到什么?

我知道，在可怕的别处

你结婚了。我相信你当妈妈了，也许快乐。

凭什么你不能快乐?

只能是因为不公平。

是的，总会有不公平……

不公平?

（乡野间阳光灿烂的一天，我面带微笑昏昏欲睡。）

…… …… ……

生命……

白葡萄酒红葡萄酒，都是为了让你吐。

*

费尔南多·佩索阿本人

*

歌本

“哦，我乡村教堂的钟声”

哦，我乡村教堂的钟声，
你那填满宁静夜晚的
每一声悲鸣
都在我灵魂中回响。

你的声音如此迂缓，
你的悲伤仿佛来自生活，
你刚刚发出声音
已经像不绝的回响。

当我四处漫游途经这里，
无论你多么亲热地触摸我，
你对我都像是一场梦——

在我灵魂中你的鸣响很远。

随着你每一次
划破天穹的轰响，
我感到过去消逝到更远，
我感到乡愁离我更近。

1911-04-08

退位

哦，永恒之夜，叫我一声儿子，
拥抱我。我是一个
自愿放弃梦一般无聊
王位的国王。

让出压弯我虚弱双臂的剑，
交给一双强壮镇定的手，
王宫前殿，我摒弃
打碎的权杖和王冠。

无用的叮当响的马刺
无用的铠甲
扔在冰冷的台阶上。

我摆脱了王权，肉身和灵魂，
回到如此宁静古老的夜晚，
犹如日落时分的风景。

1913–01

“难以自拔的渴念掠过我粉饰的灵魂”

难以自拔的渴念掠过我粉饰的灵魂……
远处传来别的大钟的轰鸣……苍白的落日下
金黄的麦子灰暗……我的灵魂被肉体的寒气攫住……
永远相同的时刻！……棕榈树冠摇晃！……
树叶盯着我们心中的寂静……鸟儿模糊地鸣叫的
缥缈的秋天……萧条，被人遗忘的蓝……
抓住这一时刻的渴望呼喊多安静！
我的自我畏惧多盼望不哭的生灵！
我向未知世界张开双臂，就在够到它们的时候
我看出我渴望的不是我想要的……
不协和的钹……哦遥远的古老时刻
被它自己的时间 - 本性放逐！渗入我永无止歇的
向着自我退却直到我消失的退潮，
目不转睛盯着此刻的我以致我似乎忘了我自己！……
明亮的光环，其后没有曾经，其中没有自我……
我的另一种存在的神秘含义……突然现身于月光下……
哨兵站得笔挺，种在地里的长矛

比他还高……这一切是为了什么？……索然无味的日子……

荒谬事物的攀援藤蔓用这一时刻轻触彼岸……

地平线合上我们凝望太空的眼睛，那儿它们是捏造的环节……

鸦片吹嘘未来的寂静……来自远方的火车……

一扇扇遥远的门……透过树林看见……彻头彻尾的铁家伙！

1913-03-29

某些不规则的诗

暂时陷在怀乡病中吧
　　在你怀乡的时候……
我们是空船，被风刮着走，
　　犹如一股股散发
被不变的风长时间刮着，活着
不知道我们感觉到什么，想要什么……

让我们意识到这一点
　　犹如意识到一处
寂静的池塘在荒凉天空下
　　麻木的风景中，
但愿我们的自我意识
再也不要被欲望唤醒……

处于这种境地，比得上全部时光
　　的所有甜蜜，
我们的生命不再属于我们，而是

我们预演的婚礼：一种色彩，
一种香气，树木的一阵摇晃，
而死亡永不降临……

即便不再有任何事情要紧，又有什么
要紧……命运是悬在
我们头上还是静悄悄，模糊地
潜伏在远方
都一样……这一刻……
我们还是放下吧……胡思乱想没用！

1914-10-11

路人

我听见有人弹钢琴，琴声
　　后边有人笑。我暂停
白日梦往上看：声音来自
　　大楼——四楼。

那些年轻的声音太欢乐！
　　假的？我怎么知道？
他们的愉悦让我羡慕得发抖！
　　平庸？我不同意。

在大楼的四楼上
　　他们也许快乐。我
路过，梦见那个家犹如
　　梦见另一个国度。

1915-06-24

默默无闻的日记

还记得我吗?
你认识我是很久以前了。
我是那个你不喜欢却又渐渐
对他有了兴趣的悲伤的孩子
(对他的痛苦，他的悲伤，等等等等)
又不再喜欢，几乎没意识到。
记得吗?那个悲伤的孩子在海滩上
一个人玩，悄无声息，避开他人，
有时他悲伤地打量他们但是绝无歉意……
我发现你偶尔偷偷瞥我一眼。
你记得吗?你想知道是否你还记得?我知道……
你不是依然从我悲伤沉静的面孔觉察到
那个悲伤的孩子总是避开他人一个人玩
有时用悲伤的目光看他们但是绝无歉意?
我知道你在看但不明白是何种悲伤
让我显得悲伤。
不是歉意也不是乡愁，不是失望也不是愤恨。

不……是那个人的

悲伤，在那伟大的诞生前的王国

他必定是从上帝那儿接受了奥秘——

有关此世之幻象的万物之

绝对虚空的奥秘——

这是一个人的

无药可治的悲伤，他认清了一切全无意义，一文不值，

所以一切努力皆为荒诞的浪费，

所以生命是一场空，

因为紧随幻象而来的永远是幻想破灭

而生命的含义好像是死亡……

是你在我脸上看到的这个，又不仅仅是这个

让你偶尔偷偷瞥我一眼。

除了这个，还有

可怖的震惊，黑暗的寒气

源自那在诞生前的王国

被告知上帝之奥秘

的灵魂，那时生命
仍未显示破晓迹象
而复杂发光的整个宇宙
是不可避免有待实现的天意。
如果这还不能解释我，就没有什么能解释我。
而这就是不能解释我——
因为上帝告知我的奥秘并非仅限于此。
还有别的事情，引领我去拥抱
非现实的领地，让我如此喜欢它，让我有了
理解不可理解之事，感受无法感受之物的诀窍，
让我心中有了帝王的威严纵然我手中并无帝国，
引领我去向我那建造于辽阔白昼的梦幻世界……
是的，这一切让我的脸苍老，
甚至比童年的我老，
让我的凝视里有一种热望藏在我的快乐中。
你偶尔偷偷瞥我一眼，
你不了解我，
你又偷偷瞥一眼，又一眼，又一眼……
没有上帝则一无所有除了生命
而你将永远无法理解……

1916–09–17

“我那条街上一架钢琴……”

我那条街上一架钢琴……
孩子们在外边玩……
礼拜天，太阳
高高兴兴，金光闪闪……

我的悲苦让我爱上
所有不确定的事情……
尽管生活中我所获甚少，
失去那点东西还是让我悲伤。

但我的生命
已落入变化之中……
我没听到钢琴，
也没成为那些孩子！

1917-02-25

“我的生命去往何方”

我的生命去往何方，谁把它带到那儿？
为何我总是做我不想做的事情？
我身上怎样的命运始终在黑暗中前行？
我身上我不认识的哪部分是我引路人？

我的命运有方向有规律，
我的生命追随一条路径一种尺度，
但我的自我意识是我所做的事情
和我所是的那东西的草图，不是我。

我甚至不认识我老练地充当的那家伙身上的我自己。
我从未抵达我充当的心里有个尽头的那家伙的尽头。
我拥抱的欢欣与痛苦并非真是那么回事。
我往前走，但是并没有一个我在往前走的我里边。

上帝，我是谁，在你的黑暗你的烟里？
怎样的我之外的灵魂住在我的灵魂里？

为何你让我感觉到一条路
如果我并未寻找我寻找的路，如果我里边没有谁行走

除非借助一种与我同步又不属于我的努力，
除非借助一种用我的行为躲开我的命运？
为何我有意识如果意识仅仅是一种幻觉？
活在“什么”和事实之间的我是什么？

闭上我的眼睛，模糊我灵魂的视力！
哦幻觉！既然有关自己或生命我一无所知，
但愿我至少可以享受那空无，没有信仰但是很平静，
但愿我至少可以通过活着昏睡，像被人遗忘的海滩……

1917-06-05

“哦！痛苦，渺小的狂热……”

哦！痛苦，渺小的狂热，无法
用一声呼喊，一声极端的
悲惨的呼喊表达的绝望，
我流血的心！

我说话，我的字眼仅仅是声音。
我受苦，仅仅是我。
哦！但愿我能从音乐中得到
这呼喊的神秘音色！

狂热到连我的悲痛也无法喊出，
狂热到这呼喊不会比寂静
传得更远——它在遍布空无的
夜空返回！

1920–01–15

“这是一座舞台”

这是一座舞台——梦中的舞台——
戏子们在此无用武之地。
一种微笑的命运
将存在与梦熔在一起。

梦中的舞台布景，骗他！
开演，别占着地方！
愚弄那创作了你的，
哦，幕间的虚构！

但愿灵魂存活于缥缈的
超然中，忘掉有点女人气
又有点粗俗的生命，
而死亡，什么也不是！

1921？

“地平线，无论谁跨越你”

地平线，无论谁跨越你
都是在视野中而不是在生命上跨越。
当灵魂飞走别说它死了。
说：它消逝在大海中。

来我们这儿，大海，一切生命的象征——
不确定，不变，远超我们目力之所见！
一旦地球开始旋转，死亡启动旅程，
船和灵魂就会重现。

1922-01-11

绝不会

啊，这温柔，温柔的演奏，
像某人马上要哭，
一首用巧技
和月光编织的歌曲……
绝不会让我们想起生命。

谦恭的前奏
或消失的微笑……
远方冰冷的花园……
在发现它的灵魂里，
只有它徒劳飞翔的荒诞回声。

1922-11-08

“就在此刻，我不知道我是谁”

就在此刻，我不知道我是谁。我做梦。
沉浸于感觉我自己，我睡觉。在这
安静的时刻我的思绪忘了思索，
　　我的灵魂没有灵魂。

如果我存在，知道这件事就是错的。如果我
醒来，我感到我错了。我恰恰不知道。
没有任何东西我想要，我拥有，我铭记不忘。
　　我没有生命也没有法则。

幻觉之间一个觉悟的时刻，
方方面面我被空想限制。
再说吧，别在意别人的心，
　　哦，无主的心！

1923-01-06

“我听见夜里在刮风”

我听见夜里在刮风。
我感觉到在高空，我不认识的人
在鞭打我不认识的东西。
一切都能听见，什么都看不见。

哦，一切都是象征和比喻。
刮着的风与寒冷的夜
是和风与夜迥异的东西——
是存在和思想的影子。

万物用故事告诉我们未曾说出的部分。
我不知道由于思考我毁了哪出戏——
夜与风正在口述的戏。
我听见它。如果还要思考，听见也是白听见。

万物同样发出轻柔的嗡嗡声。
风停了，夜前行，

白昼开始，我存在，默默无闻。

实际发生的远远多于这些。

1923-09-24

脚手架

我用来做梦的时间——
我生命的年复一年！
哦，太多的过去
仅仅是我想象的
未来的虚假生活！

无缘无故，到河岸上
我就平静下来。
它那无表情的流动的镜子，
寒冷，匿名，
我一直白白地过着的生活。

太少的如愿以偿！
哪种渴望值得期待？
随便哪个孩子的球
都拍得比我的希望高，
滚得比我的渴望远。

河流的波浪如此细微
你甚至不是波浪，
时时刻刻，日复一日，年复一年
急遽逝去——不过是青草与白雪
在同一轮太阳下消亡。

我耗尽我从未拥有的东西。
我比我衰老。
那让我保持走动的幻觉
只是舞台上的女王：
脱下戏服，她的统治便告终。

缓缓的河水发出温柔的声音
想念你走过的海岸，
对模糊不清的希望的回忆
令人昏昏欲睡！所有的梦
与生活合起来是怎样的梦！

我用我的生命做了什么？
痛失我自己后发现我自己。
焦躁难耐，我放任我自己，

正如我会让疯子继续
相信，我所证明的全错了。

因命定流淌而流淌的
平缓死寂的河水
带走我的记忆
也带走我死灭的希望——
死灭，因为命定死灭。

我已是我之未来的僵尸。
只有一个梦连接我和我自己——
我可能是那家伙的
延误的，模糊不清的梦——一堵墙
环绕我那遗弃的花园。

带走我，流逝的波浪，
带入大海的遗忘！
把我交给我不愿成为的那东西——
我，那个在我从未
建造的屋宇旁竖起脚手架的人。

1924-08-29

注释

1

所有的劳作完全无用。
无用的风，掀动无用的树叶，
正好形容了我们的努力我们的处境。
给出也好，得到也罢，一切都是命。

超越你的自我冷静地观察，
寂寞而无穷的可能性，
无用地引出真实之物。
嘘，别感觉，除非为了思考。

2

既非善亦非恶定义了世界。
忘掉这两者，身处我们以为“在高处”
之天国的，我们称其为上帝的命运
不好不坏地统治着天与地。

我们经历人生又是笑又是哭，

一种状态是一张签了合同的脸，

另一种状态是加了少许盐的水。

善恶之上，命运定夺一切。

3

太阳航行于黄道十二宫，

日出日落永无止息，

在我们所见万物的地平线上。现实，

如我们所知，是我们偶然身处之地。

杜撰的我们自己的意识，

我们已将直觉和知识埋葬。

而太阳一动不动，甚至不在

子虚乌有的黄道十二宫航行。

1925–08–14

国际象棋

这些小卒，拼到深更半夜，
精疲力尽，满心不真实的感觉。
它们回家，身穿皮衣、外套
和毛皮披风，一路谈论着虚空。

身为小卒，命运只许它们
每次前行一格，除非它们
被指定走对角线上的另一格，
干掉另一枚棋子，闯出一条新路。

尊贵棋子们的永恒主题，
类似象和车，走得又快又远，
孤身挺进时突然
被命运击倒，完蛋。

这枚那枚，过关斩将，
拯救别人却无法拯救自己。

游戏继续，对所有棋子漠不关心，
无情的手移动它们一视同仁。

然后，可怜的家伙们身穿皮衣或丝绸
将！对弈结束，疲惫的手
收起一文不值的棋子，
因为只是一局，结果无关紧要。

1927-11-01

“在我对我本人的盛怒中”

在我对我本人的盛怒中
一个念头眉头倒竖，
像一座塔。形单影只的
灵魂的巨大孤独中仿佛
我的心拥有了学识和大脑。

我由人为的苦难构成，
忠于我不了解的观念。
像一个假皇家侍从
我身穿靠它活命的华服
为了国王假装的在场。

我扮演的和我想要的都是梦。
一切都从我无力的手中滑走。
我凄凉地等着，双臂下垂——
一个耗尽希望的乞丐，
想求施舍却又不敢。

1930-07-26

“微弱的簧风琴”

微弱的簧风琴

　　在无形的黑暗中哀鸣。

这无意中听到的乐曲是怎样

　　刺痛一个人的心！

波动的树，上涨的海，可怕而寂静的

　　灯芯草，一把吉他，一声呜咽——

这一切触及深渊里的灵魂，

　　它在那儿孤立无援！

这些声音在伤害，完全没有爱，

　　我们的本质给人的感觉多模糊！

哦，流动不息的意识，停！

　　哦，发自内心的悲痛，化为影子！

1930-08-04

“我是快乐还是哀伤？”

我是快乐还是哀伤？……
坦白说我不清楚。
哀伤意味着什么？
快乐有什么用处？

我既不快乐也不哀伤。
我真不知道我是什么。
我只是另有一个灵魂，
受到上帝规定的影响。

那么，我是快乐还是哀伤？
思考从来没有满意的结果……
对我来说哀伤意味着
几乎不了解我自己……

而那恰恰是快乐……

1930-08-20

“我想成为自由而虚伪的人”

我想成为自由而虚伪的人，
没有信念，没有责任，没有头衔。
我憎恶所有的囚禁，哪怕是爱情。
无论谁想爱我，请别！

当我哭诉发生的事情
当我歌颂真实无伪，
是因为忘了我感觉到什么，
还以为我是另一个人。

一个贯穿我生命的流浪汉，
我从微风中抽出歌曲，
我那漂泊的灵魂本身就是
一首旅途吟唱的歌曲。

因为一种没有任何东西有理由
充当的巨大的，静下来的意义

从像是一种正义的无意义的天空
落在像是一种责任的一文不值的土地上。

此刻晴天洒下的死寂的雨依然打湿
夜间的泥土，而我，恰好
披着湿衣服，假装某人
或其他社会角色的模样。

1930-08-26

“我妻子她名叫孤独”

我妻子她名叫孤独，
她不许我郁郁寡欢。
哦，一个不存在的家
对我的心灵有什么用！

回到那儿，我没听到任何动静，
我无法容忍拥抱的伤害，
没人在听而我大声说话：
我的诗篇在我说话时诞生。

上帝啊，如果天堂多少有点好处，
纵然受命运支配，仍然可以接受，
还是随我的便吧——华美绸袍——
自说自话——一个生机勃勃的狂热家伙。

1930-08-27

“没人爱我”

没人爱我。
等等，哦，有的
但对不信的事情
你很难确定。

并非出于我不信的
那种怀疑，因为我知道
我招人喜欢。不信，
不变，是我的本能。

没人爱我。
为了这首诗的诞生
我别无选择
只能受这份苦。

没人爱，多悲哀！
我可怜的，被遗弃的心！

诸如此类，我虚构的

这首诗就这么结尾。

而我经受的是另一回事情……

1930–12–25

“哦，嬉闹的猫”

哦，嬉闹的猫
把大街当成床，
我羡慕你那么好运，
因为那根本不是好运。

要命的法律的雇员
统治了石头和人民，
你受本能管辖，
只受你感觉到的事物的影响。

所以你快乐。
你所是的卑微事物是你的一切。
我看着我自己而我下落不明。
我了解我自己：这不是我。

1931–01

"我走到窗前"

我走到窗前
看是谁在唱。
一个盲人一把吉他
在那儿哭泣。

人声琴声如此悲伤……
合在一起
在世上游荡
博得人们的同情。

我也是盲人，
游荡，歌唱。
我的路更长，
而我什么也不乞求。

1931-02-26

自我剖析

诗人是造假者
干起来很老练
他甚至杜撰出那种
他真切体会到的痛苦。

拜读他大作的读者
会在他作品中觉察到
两种痛苦他都没有
只有他们没找到的痛苦。

这被称为心灵的家伙
沿着它的轨道迂回疾驰，
发条驱动的小缆车
愉悦我们的心智。

1931-04-01

“我是一个逃亡者”

我是一个逃亡者，
一出生
就囚禁在我自己里，
但我设法逃了出来。

如果有人厌倦了
待在老地方，
凭什么他们不该厌倦
一成不变的自我？

我的灵魂将我找出来，
但我接着逃，
真心希望
永远别找到。

单一是一种囚禁。
做自己死路一条。

我要作为逃亡者活着，

真诚地，真正地，活着。

1931-04-05

入教

你没在柏树下入睡，

世上本无睡觉这回事。

…… …… ……

你的肉身是藏起你更深处

自我的衣服的影子。

黑夜降临，它是死亡。

影子消失，从未存在。

而你未曾觉察已走进暗夜，

仅仅作为你自己的轮廓。

但在好奇客栈，

众天使拿走你的斗篷；

你肩上没留下斗篷，

也没有别的东西遮风挡雨。

接着公路大天使们

剥光你，让你一丝不挂，
一件衣服不剩，一无所有：
只有肉身，那就是你。

最后，洞穴深处，
众神将你剥得精光。
你的肉身，你外在的灵魂，完蛋了，
但你发现他们和你一样。
…… …… ……

你衣服的影子留在
我们中间，在命运的王国。
你没死在柏树林中。
…… …… ……
新来的，世上没有死亡。

1932–05–23

“神圣的公鸡赞颂”

神圣的公鸡赞颂
黎明前的黑夜!
仿佛你从我身在其中的
自我将我举起!

你纯正尖利的啼叫
是破晓前的黎明。
现在开始，我多高兴!
最后的星辰已经暗淡。

感谢上帝，我又听见
你发出长长的清澈的啼叫。
天际正变得更亮。
为何我又停下，陷入沉思?

1932-06-19

“那不思不想的人多快活”

那不思不想的人多快活，因为生活
是他们的亲戚，给他们掩护！
行事像他们所是的那种牲口的人多快活！
更好的是，不是有孩子，而是有信仰——
那信仰不知道你是谁，不知道你想要什么。
那不思不想的人多快活，因为他们是生命，
因为生命意味着占据一处空间
把觉悟送给一个地方。

1932-06-29

“我的作品不是我的”

我的作品不是我的，不是我的……
我把它归在谁名下？
我生来是谁的报信者？
我是怎么受骗
认为我所拥有的真是我的？
是谁惩罚我？
无论如何，如果我命中注定
作为活在我身上
另一生命的死，
那么，对貌似
真实的全部生活
心存幻想的我，
就要感激将我从我所是的
尘埃中举起的这位——
对这位来说，我，举起的尘埃，
仅仅是一种象征。

1932-11-09

“存活于大千世界的一切”

存活于大千世界的一切
皆有来历
除了在我记忆的深渊里
聒噪的青蛙。

大千世界的一切地方
皆有位置
除了正在发出聒噪的
这座池塘。

一轮假月亮从我心中升到
灯芯草上方，
池塘显形，或多或少
被明月照亮。

以何种生命，在何处，过得怎样，我是
我想起来的那个吗——

由于效仿我遗忘的东西

聒噪的青蛙?

非也——仅仅是灯芯草丛里昏沉沉的寂静。

在我那

巨大古老灵魂的尽头群蛙聒噪

没有我。

1933–08–13

“我不知道遗忘在天边……”

我不知道遗忘在天边的
南海岛屿上的平缓土地
是真的，是梦幻，还是梦与生活的
混合。只知道它是
我们渴望的土地。那儿，那儿，
生命年轻，爱情欢快。

也许不存在的棕榈林
和远在天外树木成行的小路
给相信有可能得到那片土地的
人们安宁和荫凉。
我们快乐吗？哦，也许吧，也许吧，
在那片土地上，当那一刻降临。

美梦未散，光彩消退；
想着它，很快我们就想烦了。
棕榈树下，月光照耀，

我们感觉到冰冷的闪光。
那儿与所有地方，与所有地方一样，
恶尚未制伏，善难以持久。

不是世界尽头的岛屿，
也不是梦中或真实的棕榈林
能治愈我们灵魂深处的小病，
将善放入我们内心。
一切都在我们身上。就在那儿，那儿，
所以生命年轻，爱情欢快。

1933-08-30

“在我的睡与梦之间”

在我的睡与梦之间，
在我和活在我心中
我以为是我的那位之间，
一条河流淌，没有尽头。

曲折盲目的旅途中，
像所有的河流一样，
流经遥远的
形形色色的陆地。

抵达如今我活着的地方，
抵达今天我待着的屋子。
如果我盯着自己，它流逝。
如果我醒来，它已消失不见。

我感觉到我所是的那位，死于
连接我与我自己之物，

睡在河水流经之地——

那条河没有尽头。

1933-09-11

“没徒弟的师傅有一架破机器”

没徒弟的师傅
有一架破机器
它鄙视所有制动杆，
干脆什么都不做。

它被当作手摇风琴
但谁都不听它演奏。
安静的时候，它试图让自己
看上去神奇，但谁都不睬它。

我的灵魂有点像
那架机器，裂痕累累。
复杂透顶，反复无常，
派不上任何用场。

1933-12-13

席尔瓦先生

理发师儿子死了，
一个五岁的孩子。
我认识他父亲一年了，
他给我刮胡子时我们说过话。

他告知我凶讯，我的心
受到极大的震动；
我慌慌张张拥抱他，
他伏在我肩头哭泣。

风平浪静的愚蠢人生中，
我从不知道该如何行事。
但，我主啊，我感到人类的痛！
别像那样摒弃我！

1934-03-28

“我白日做梦……”

我白日做梦，远离我作为
人的安逸的自我意识。
我不知道我的灵魂是谁，
它也不知道我何许人也。

理解它？那要大费时日。
解释它？不知我行不行。

在对于我是谁以及
我是什么的曲解中
另有一种完整含义
位于天空大地之间。

宇宙连同太阳和数不清的星星
从那道裂缝中诞生。
含有我所知道的
深意。是将我排除在外的。

1934-03-31

“是的，最后，一种宁静……”

是的，最后，一种宁静……
一种古老的觉悟，
唯独在生命的本质里感觉到，
告诉我灵魂不会消亡，
无论它走哪条路……

表面的幻影？
众人共享的信念？不，
因为我所感觉与众不同。
是生命而非信念……
是心而非皮。

太阳在西方落下，我清楚
明天我会看见一轮不同的太阳——
不同，又相同，升起在东方。
一切皆是幻觉，什么都没说谎：
万物皆空，即是存在。

1934-03-31

“如此多的忍耐……”

如此多的忍耐和我读过的
书本填满的宁静之夜，
边读边做梦，边感觉边沉思，
刚刚看见它们，

我抬起被无用的阅读弄得
突然晕眩的头，
在将尽的夜里看见宁静，
没在我心里看见。

小时候我不一样……为变成现在这个我，
我长大并且遗忘。
今天我得到的是一种沉默，一种定律。
我是赢了还是输了？

1934-04

“所有的美都是一场梦”

所有的美都是一场梦，即便存在。
因为美总是多于它自身。
我在你身上看到的美
紧挨着我，不在这儿。

我在你身上看到的美活在我梦里，
远离这儿。如果你存在，
我只熟悉它
因为我真的梦见它。

美是梦中听到的
音乐，涌入生命。
并非确切的生命：
而是梦中的生命。

1934-04-22

“更小了，滚滚波涛”

更小了，滚滚波涛
回到护送你的大海，
在你后退时溃散，
仿佛大海空无一物——

返回途中，为何
只带着你的失踪？
为何不把我的心
也带进古老的海？

拥有这颗心太久以至于
厌倦了不得不受它影响。
所以在微弱的低语中带走它吧
听到这低语我就能听到你在逃！

1934-05-09

“在我们遗忘的这个世界上”

在我们遗忘的这个世界上，
我们是我们本人的影子，
是我们在另一个世界——那儿我们
作为灵魂活着——表演的真实举止，
到这儿成了咧嘴而笑的鬼脸和幽灵。

夜与混乱吞没了尘世间
我们熟悉的一切：
生活赋予我们的
肉眼看不到它在燃烧的
火焰的投影和消散的烟。

但这位或者那位，凑近了
看，能在影子和影子的移动中
看见一会儿在另一个世界
那让他活着的举止的目的。

于是他发现活在尘世间的事物
它们的意义仅仅是咧嘴而笑，
而他凝视的直觉
返回他遥远的，想象中的，
得到理解的躯体。

那躯体的恋家的影子，
尽管是假相，摸到了那将它
与那急切地把它扔在
时空之中的
崇高真理连在一起的细绳。

1934-05-09

“海鸥紧贴地面飞翔”

海鸥紧贴地面飞翔。
他们说这表示马上要下雨。
但还没下。就在此刻
海鸥飞翔，紧贴
地面——没别的。

同样，当幸福降临，
他们说悲哀已经上路。
也许吧，那又怎样？如果今天
尽是幸福，悲哀
往哪儿下脚？

无处下脚。悲哀属于明天。
等它来了，我会悲哀的。
今天美好无瑕，今天中
没有未来。一堵墙挡在
我们和它中间。

享受你所拥有的，陶醉于生命！
让未来安分一点。
诗，酒，女人，理想——
无论你想要什么，如果它存在，
就是为了让你享受。

明天，明天……进入，明天，
明天使你进入的状态。现在
懵懵懂懂，接受，并且相信。
紧贴地面，但要像
海鸥那样，飞翔。

1934–05–18

“很久以前他们给我讲的……”

很久以前他们给我讲的
美丽神奇的寓言
还在我灵魂中蛰伏，
如今已截然不同。

从前这寓言说的是
仙人，小精怪和小矮人；
如今它只提
我们奴性地动摇的自我。

然而，往深处想，
难道小矮人，仙人和小精怪不正是
一种完全属于我们自己的动摇的
错误的投影？

我们创造我们没有的东西
因为我们为它的缺失遗憾，

我们渴望看到什么，
就再也看不到什么。

后来，厌倦了那种
只看见虚幻事物的视力，
我们将所有窗户关上，
在灵魂深处将自己封闭起来。

尽管幻象已逝，
加入的幻影
人多势众，依然跃动，
只在我们心中。

1934-06-09

“当我死去而你，草地……”

当我死去而你，草地，
变成我眼中的怪东西，
就会有更好的草地
留给我将成为的更好的我。

我在这边看见的
野地里美丽的鲜花
将变成那边无垠空茫中
五颜六色的星辰。

也许我那看见另一种
自然的心，比愚弄我们，
让我们以为它真实存在
的幻象更自然，

最后会像一只鸟儿降落在
树枝上，往回看，想起

根本不存在的

存在的飞翔。

1934-07-02

“世上有过爱我的人”

世上有过爱我的人，
有过我爱的人。
今天我为曾经的我
感到脸红。

此时此地，我为我
就是那个总是做梦
却从未上路的人
感到害臊，

为了解到我不可能
超越从前我一直
做的这个梦
感到害臊。

1934-08-06

“姑娘们结伴走在街上……”

姑娘们结伴走在街上
不远的地方，边走边唱。
唱的都是老歌，
那种一想起
就会流泪的老歌。

她们为唱而唱，
因为其他人先唱了……
她们铭记于心，
唱起来不停顿的歌
永远古老新鲜。

吵吵嚷嚷的温暖歌声中
有某种永恒
——生命，欢畅，少女气派——
停在那些默不作声的
姑娘的窗前。

她们在允诺的爱
或渴望的爱的阴影里，
听见自己痛苦的心声
就在窗外欢笑着
放声唱出的歌词里。

是的，掠过的这首歌
无意中表达了
人类爱与不爱的
大悲剧——
同样永无休止的悲剧……

1934-08-18

“夜已降临，我谁都不指望”

夜已降临，我谁都不指望，
把世界关在门外，
我那风平浪静的寒酸的小窝
与我一同沉入深深的宁静……

沉醉于孤独，自言自语，
漫不经心地溜达，
我是那种老朋友中
再也找不到的
可靠忠实的朋友。

突然有人敲门，
一首完整的诗烟消云散……
是邻居，提醒我
明天吃午餐。好啊，我去。

再次关上门，关住我自己，

我试图在心中复活
那让我陶醉于他人角色的
漫步，热情，和欲望。

没用……眼前只有平时的家具，
躲都躲不开的盯着我的四壁，
像一个人不再看将熄的篝火，
等他再看，篝火已灭。

1934-08-19

“除了厌倦，一切都让我厌倦”

除了厌倦，一切都让我厌倦。
尚未安静，盼望安静，
每天携带生命
像随身带药——
人人都带的药物中的一种。

我渴求太多梦想太多，
太多太多，一事无成。
最后，恰恰因为
等待那会让它们温暖的
爱之魔法，双手变得冰冷。

空空的双手
冰冷。

1934-09-06

“对什么都说的人什么都别说”

对什么都说的人什么都别说——
什么都说根本不可能，
那些天鹅绒做成的词语
没人知道它们什么颜色。

对袒裸灵魂的人
什么都别说……灵魂岂可袒裸。
忏悔是为了平静
它让我们听见自己的声音。

一切都无用，都假。
它是陀螺，街头男孩
松开它为了看它飞转。
它飞转。什么都不说。

1934-10-11

自由

你问自由是什么？自由意味着不做任何东西的奴隶，无论由于贫困还是因为运气太坏；自由意味着强迫命运女神在同等条件下竞争。

——塞内加[1]致卢齐利乌斯书信第 51 封

哈，抛开未完成的任务，
拿到必读书
却不打开，
多开心！
阅读很烦人，
研究更是一无是处。
有文学也好，没文学也罢，
太阳照样大放金光。

1　塞内加（Lucius Annaeus Seneca，约公元前 4—公元 65），古罗马哲学家、政治家、雄辩家、悲剧作家。公元 54—62 年尼禄在位前期塞内加与其朋友一起实际上统治着罗马世界。

河水流淌，或快或慢，

没有初版再版。

轻风自然而然

属于早晨，

时间足够，不急。

书本只是墨水涂画的纸片。

做研究是模模糊糊去辨识，

在零和什么都没有之间。

远不如在一个大雾天，

觐见国王塞巴斯蒂昂[1]，

无论他是否现身！

---

1 塞巴斯蒂昂（Sebastian，1554—1578），葡萄牙国王，1578 年在攻击摩洛哥穆斯林的十字军行动中丧命，葡萄牙从此一蹶不振，丧失了六十年的独立。许多臣民相信他会复活，将他们从西班牙统治下解放出来。这种对于复国救主的信仰叫做塞巴斯蒂昂主义。讹传他在那次战争中幸免于难，于是兴起了塞巴斯蒂昂神话。

诗歌，舞蹈和博爱是伟大的事业，
但世上最好的是孩子，鲜花，
音乐，月光和太阳，太阳只因
带来枯萎而非促进生长才有过失。

比这些还要伟大的
是耶稣基督，
他对财政一窍不通，
也没有图书馆……

1935-03-16

“那是太久以前”

那是太久以前！
甚至不知道是否是这一世……
想起来真痛苦……
想不起来又折磨……

是啊，是那时候的你，
要么是如今的你。
你把赤脚放在
蹲在你跟前的狮子身上。

当然了可能根本
没那回事。
真是那样，人生
不会这么乏味。

唉，你心不在焉的目光！
你闪避的嘴唇！

现在我再也不知道如何爱它们，

因为本来我就没爱过它们。

这一切——可能造成

情感的巨大隔阂，

只因我使劲看了一眼

地板上的小地毯。

1935-08-10

在利马的一夜

收音机又响了。
夸张的慢吞吞的调子报节目：
“现在播放
《在利马的一夜》……”

我不笑了……
我心都不跳了……

无意识的收音机里
突然传来甜蜜又可憎的
旋律……
记忆猝然复活
我的灵魂迷失了……

木制屋顶的斜面
在硕大的非洲月亮下闪光。
我们家起居室很大，它和

大海之间的一切都被
巨型月亮的隐晦光彩照亮……
但只有我站在窗前。
我母亲在弹
钢琴……
正是那首
《在利马的一夜》。

天啊，那一切多遥远并且无可挽回地丧失了！
她高贵的风度，
她可信赖的安慰人心的声音，
她深情的笑最后变成什么？
如今让我
想起那一切的
唯有这旋律，正是这旋律，
依然在收音机里响起，
没有哪首曲子比得上《在利马的一夜》。

月光中她变得灰白的头发
如此可爱，
而我绝未想到她会死

留下我饱受“我是谁”的折磨！

她死了，而我永远是她的小男孩，

对母亲来说，没有谁是男人！

◆

即便泪眼迷蒙我的记忆

也仍然保存着

你那更完美形象的

完美头像。

当我想起你，母亲，十足的罗马人气度，已经开始苍老，

我那永远孩子气的心就会哭泣。

我看见你手指在琴键上，户外的月光

永恒地照耀我。

你在我心里永不停歇地弹奏

《在利马的一夜》。

……

“小家伙们去睡了？”

“嗯，睡了。”

“小姑娘在这儿都快睡着了。”
边说边笑，你接着
弹奏，
聚精会神，弹奏
《在利马的一夜》。

所有曾经的我，在我谁都不是的时候，
所有我爱过并且到现在才知道
我爱过的——由于我完全不明白
现实的道路，由于我只有
对从前的怀恋——
通过发光体，音乐
和我心中对于你在其中
翻开虚幻乐谱的
永恒时光的
不死的幻想
全都活在我生命中
我听见你，看见你
还在弹奏那存活到今天的
永恒的旋律
活在我对那一刻永恒

深渊般的怀恋中——当你，母亲，弹奏
《在利马的一夜》。

冷冰冰的收音机
不知道哪个台正播放
《在利马的一夜》。

那时我不知道所以我快乐。
现在我知道了，因为我再也没有快乐。

“小姑娘也睡着了……”
“没，她没睡着。”
我们都笑了，
而我，
远离户外大放光明
冷酷孤独的月亮，
心不在焉一直听着
我不了解却让我做梦的音乐，
此刻让我为自己难过的音乐，
这无声的温柔的歌，正是我母亲
在琴键上弹奏出的声音：

《在利马的一夜》。

◆

要是我能拥有那完整的场景
就在这儿，完整，纯净，
藏在抽屉里，
藏在我口袋里，多好！
要是我能从时空
和生命中猛地抽出
那间起居室，那段时光，
我们全家，还有那份安宁，那首乐曲，
将它整个儿隔绝在
我灵魂的某个地方
在那儿我能永远
拥有它
活着，温暖，
真实得像刚刚
回到那儿，
当母亲，亲爱的母亲，你弹奏
《在利马的一夜》。

母亲，母亲，从前我是你的男孩
你教我应当
品行端正，
如今我穷困潦倒
被命运滚成皮球，被人扔在
角落里。

我可怜地躺在那儿，
但对于我听到我熟悉的，对于感情，
家和家庭的记忆
乱哄哄在我心中涌起，
今天，形单影只，想起我听过的这首乐曲，天啊，
《在利马的一夜》。
那时光，那个家，那份爱在哪里啊，
母亲，亲爱的母亲，你是从何时开始弹奏
《在利马的一夜》？

而我妹妹，
小不点儿，蜷在呢绒沙发椅里，
不知道

睡着了还是没睡着……

◆

我扮演了那么多坏家伙！
我彻底背叛了我自己！
多少次，我那理性者
干枯精湛的心灵
频频出错！
多少次就连我的感情
都无情地欺骗我！

没了家，
但愿我至少还能住在
早年我拥有的
家的这个梦幻里。
但愿我至少还能听，听，听，
在那永远不会
停止感觉的窗户旁，
在那间起居室，我们温暖的起居室
在广袤的非洲，那儿，户外

巨大冷漠的月亮照耀，
不好也不坏，
那儿，母亲，
在我心里，母亲，
你的弹奏清晰可闻，
你永不停歇地弹奏
《在利马的一夜》。
……

◆

我继父
（怎样的男人！怎样的心！怎样的灵魂！）
他镇静，粗壮，运动员的
躯体斜倚在
最大的椅子上
一边听，一边抽烟，沉思，
他的蓝眼睛一点也不生动。
而我妹妹，那时还是小孩，
椅子里蜷成一团，
边睡边听

面含微笑

听某人弹奏

也许是一支舞曲……

而我，伫立窗前，

看见整个非洲的全部月光湮没

风景和我的梦。

那一切去了哪里？

在利马的一夜……

心，碎了！

……

◆

……

而我头晕。

我不知道我是否正在看见，有没有睡着，

我是否还是从前那个我，

我是否正在想起，是否正在忘记。

今日之我和昨日之我

之间有个东西，懒洋洋流动，
像一条河，一阵风，一场梦，
意想之外的东西
突然又停下，
从它似乎要完蛋的深渊里
越来越清晰，披着我的心
依然在其中流连忘返的
柔情和怀旧的光晕，一架钢琴，
一位女性的身影和一种渴望浮现……
我在那旋律的怀抱里入睡，
听我母亲弹奏，
听——这时咸味的泪水打在我舌头上，《在利马的一夜》。

泪水的面纱没有蒙蔽我。
哭喊，我看见
那音乐给了我什么——
我曾经拥有的母亲，早年的家，
孩童的我，
因飞逝而恐怖的时光，
因仅仅是消磨而恐怖的生命。
我看见，我睡，

陷入麻痹，忘了自我，
我看见我母亲弹钢琴。
小小的白皙的手，
它们的爱抚再也无法给我安慰，
细心又安静，弹奏
《在利马的一夜》。

哦，我清清楚楚看见一切！
我再次回到那儿。
我掉转一直凝望户外
非同寻常的月亮的目光。

等等，我的心漫游，而乐曲已经终了……
我漫游因为我总是漫游，
无法在心中确认我是谁，
也没有任何真诚信念坚定原则。
我漫游，我用记忆和放纵的
鸦片创造我自己的永恒。
我为那些想象中的女王加冕
但是没有宝座给她们就座。
我做梦因为我沉迷于

追忆中音乐的虚幻之河。

我的灵魂是衣衫褴褛的孩子

睡在黑黢黢的角落。

在真实觉醒的现实里

属于我自己的

唯有我那被遗弃的灵魂的碎片

和紧挨着墙壁做梦的脑袋。

哦，母亲，亲爱的母亲，真的没有

哪个大神把这一切从无用中抢救出来，

没有另一个世界让这一切存活？

我继续漫步：一切都是幻觉。

《在利马的一夜》……”

心，碎了……

1935-09-17

佩德罗索斯夫妇[1]

小时候我不明白
我已长大。
要么就是明白了却毫无感觉。

对孩子来说时间不存在。
每天都是同样的餐台，
配上户外同样的后院，
还有当时感觉到的悲伤，
是悲伤，但你并不悲伤。

那会儿我就是那样，
而世上所有的孩子
当着我面谈情说爱。

一堵木格围栏

1　佩索阿在里斯本西郊他伯祖母玛莉亚家里度过了童年的许多时光。佩德罗索斯夫妇是玛莉亚的邻居，他们没有孩子。

高大，不堪一推，
将大后院分割为
一片菜园一块草坪。

我的心已经变得健忘
眼睛却记得一切。时光，别偷去
我在里边是快乐男孩的那幅画卷，
它给我的幸福直到今天还属于我！

你冷酷的变形对于一个
紧抱记忆的人毫无意义。

1935–10–22

使命

城堡纹章[1]

欧罗巴自东向西伸展，
以膊肘为支撑，用浪漫
头发下的希腊式
眼睛凝望，回想。

她将左肘抽回，
右肘托住头颅。
左肘平放，表明意大利；
右肘示意英格兰，伸手
托住脸庞。

1 《使命》第一部分为"纹章"，记述了葡萄牙古老的世袭象征（原野、城堡、五盾国徽、美德、光荣），赋予国王、圣人和英雄神话般或真实的面目。

以生死攸关的斯芬克斯的目光

盯住西边——过去的未来。

这凝望的脸庞，是葡萄牙。

1928–12–08

五盾国徽纹章

众神赐予的他们拿去卖了。
光荣的代价是苦难。
可怜那些快乐的人吧，他们
转瞬即逝！

让知足常乐的人恰好足够
好去感受他们已经足够！
生命短暂，灵魂无边：
获得正被拖延。

上帝以不幸和耻辱
定义基督，
使他与自然面对面
封他为圣子。

1928-12-08

尤利西斯

神话子虚乌有却意味着一切。
冲破天穹的太阳
是大放光明默默无言的神话——
上帝的死尸
赤条条，复活。

这位英雄在此定居，
因为他根本不存在。
不存在，还是可以满足我们。
从未来过此地，
他成为我们的缔造者。

这传奇渐渐
渗入现实，
添油加醋，
尘世间的生活，若有
若无，终将死灭。

维里亚托[1]

如果感觉和行动的灵魂仅仅是
通过召回遗忘的往事获得知识，
我们的民族得以幸存则是因为
对你的天才的记忆在我们心中。

一个国家感谢你的再生，
一个因你而复活的民族
（你或你代表的那位）——
葡萄牙就这样崛起。

你的存在犹如
破晓前的冷光，

1　维里亚托（Viriathus），公元前2世纪卢西塔尼亚人（居住在今天的葡萄牙境内）抗击罗马入侵者的领袖人物。公元前153年，维里亚托联合诸多凯尔特伊比利亚部落与罗马人作战，大约在公元前147—139年间，屡挫罗马军队。指使维里亚托部下将他杀害后，罗马人征服了卢西塔尼亚人。卢西塔尼亚是罗马人在葡萄牙中部所建行省的名称（公元前27年）。

黎明边缘黑暗混沌中

白昼已然初现的迹象。

1934–01–22

恩里克伯爵

每种开始皆因偶然。

上帝是第一推动者。

英雄是自己的观众，

变化无常无知无觉。

你盯着自己

手中的宝剑。

“我用这宝剑干什么？”

举起宝剑，它就干了那件事。

地平线

哦，比我们古老的海洋，你的恐怖
藏在珊瑚中，沙滩上和森林里。
撕开笼罩夜与雾，顶住的风暴
和未知事物的帷幕，
加入船队的一只只船看见远方
鲜花怒放，南部天空闪着光芒。

船只靠近远看
贫瘠不毛的海岸线，
树木蓊郁的斜坡出现了。再近些，
陆地突然变得喧闹，五色缤纷；
上岸以后，远看只是一根抽象的线
在动的地方，鸟语花香。

梦见就是去看雾蒙蒙远方
不可见之物，接下来，
借着希望和心愿的直觉的推进，

在寒冷的地平线上寻找树木，

沙滩，鲜花，飞鸟和清泉——

真理赐予应得奖赏者的亲吻。

哥伦布们

别人注定得到
我们注定丧失的东西。
别人擅于获得
我们发现的种种事物中
得到或没得到的东西，
命里注定。

但他们无法得到
让人名垂青史的
远方的魔法。
所以他们的光荣
是由借来的光赐予的
威力减弱的光辉。

1934-04-02

西方

用双手——行动和命运——
我们揭开它的面纱。一手向着天穹
举起光焰摇曳的神圣火炬，
一手掀开帷幕。

要么是决定性时刻要么纯属偶然
这只手揭开西方的面纱，
科学是揭开面纱之手的
灵魂，果敢是它的躯体。

要么纯属偶然要么由意志或风暴驱动
这只手举起光焰闪耀的火炬，
上帝是举起火炬之手的
灵魂，葡萄牙是它的躯体。

第五帝国

守在家里的人真可怜，
对他的壁炉心满意足。
从未梦见——振动翅膀
让即将熄灭的炉火
燃得更旺！

开心的人真可怜，
他活着就因为生命尚未终结。
在他灵魂深处，没有什么
比根茎教给他更多：
为生命置一块墓地。

让一个又一个纪元跟着
诸纪元丈量过的时间进去。
生而为人意味着永远进取。
让他灵魂的逼视
制服鲁莽的力量！

当他梦见的
四个伟大时代湮灭，
大地将变成始于
忧愁荒凉之夜的
晴朗白昼的舞台。

希腊，罗马，基督教世界
和欧罗巴——四个时代的归宿
与所有时代无异。谁能想到
国王塞巴斯蒂昂之死
已成事实?

1933–02–21

雾

没有国王，无法无天，不战不和，
清晰扼要地阐明了
陷入不幸的葡萄牙
这片暗淡的土地——
它的光辉既不明亮，也不热烈，
如无焰鬼火。

没人知道他想要什么，
没人了解自己的灵魂，
没人明白何为善何为恶。
（多遥远的想念在眼前哭泣？）
一切无常，奄奄一息。
一切溃散，分崩离析。
哦，葡萄牙，今天你是一团雾……

时辰已至！

1928–12–10

译后记

完全出乎我意料的是，我最早出版的两部译诗集，竟是日后在中文世界引发持续多年近乎狂热之关切的两位伟大诗人——曼德尔施塔姆和佩索阿的诗选。

“文革”结束后，读者对外国诗的需求长时间处于饥渴状态。这种延续四十多年的饥渴到今天非但没有减缓，反倒愈演愈烈——译诗集的出版在品种方面有着强劲增长，发行量也并非总是命定的几千册，不久前我听说，聂鲁达的一部诗集一两年中奇迹般重印33次！

而无论这个星系涌入多少新面孔，曼德尔施塔姆和佩索阿始终在最耀眼之列，他们的作品每隔一段时间就有新的中译本问世。

对我个人来说，曼德尔施塔姆是诗人柏桦选中的大师，虽然我早在1984年就通过爱伦堡的《人，岁月，生活》知道了这位俄苏白银时代诗人，但记忆中他的形象是和那部回忆录中的阿赫玛托娃、茨维塔耶娃、莫迪里阿尼和里维拉这些人混在一起的。20世纪90年代初柏桦在南京农业大学任教。可能是因为刚刚与诗人杨键和祝凤鸣热烈地谈起曼德尔施塔姆，他将一份手抄的荀红军译曼德尔施塔姆诗歌复印件给了杨键。

现在想来有点神秘的是，为何他将 W.S. 默温和克拉伦斯·布朗那部《曼德尔施塔姆诗选》英译本复印件也给了杨键，而杨键的英文早就还给他老师了。1992 年春节我从新疆回安徽度假，从杨键手里拿到这本复印件，很快就开始翻译。最晚在 1993 年 10 月离开新疆前几个月，已经完成《曼德尔施塔姆诗选》的初译。

1994 年初，刚到广州三四个月，有一天我在天河购书中心四楼一家小书店与一批削价英文书不期而遇，其中就有那本收入企鹅版“现代欧洲诗人”丛书的《费尔南多·佩索阿诗选》（Jonathan Griffin英译），标价 9 元。那时佩索阿对我来说是一个完全陌生的名字，张维民翻译的那本薄薄的《佩索亚诗选》我还没看到，中文版《惶然录》的出版要等到5年以后。1995年5月，我开始翻译佩索阿。

这两部转译自英文的诗选有不少缺憾。考虑到他们在中国有那么多热爱者，只要有机会我一定会尽力修订。实际上早在出版社有意向接受这两部书稿之前，我已经在做文字方面的润饰。2017 年《曼德尔施塔姆诗选》的修订基本完成，《费尔南多•佩索阿诗选》增订版近期也将竣工。

《每天都在悲欣交集中醒来》是我翻译的第二部佩索阿诗选，除箴言体的《断片》外共 203 首（与即将出版的《费尔南多•佩索阿诗选》增订版无一首重复）。2017 年 7 月，2019 年 3 月，2020 年 4 月，分三个时段完成初译。

定稿是一件可怕的事情，尤其是佩索阿这样在中文世界已有巨量粉丝的大诗人的作品。拖着不定稿也可怕。从博客时代到微信自媒体时代，我翻译的佩索阿诗歌被转发的次数多到令人吃惊。我相信那是佩索阿诗歌自身的力量在起作用。我相信这部佩索阿诗选同样会因为佩索阿自身的力量，赢得读者的喜爱。

入选湖南文艺出版社“诗苑译林”是我的荣幸。中国有太多诗人受益于《戴望舒译诗集》《梁宗岱译诗集》《法国七人诗选》《图像与花朵》《英国现代诗选》和“诗苑译林”的其他优秀译诗集。早年，每买到一部“诗苑译林”新出诗集，我都会盯着最后两页的总目录，兴奋地看着打上星号的“已出”/“即出”和未打星号“将陆续出版”的书名，充满了期待。

感谢青年诗人李浩引荐，感谢湖南省诗歌学会会长梁尔源、《芙蓉》杂志主编陈新文关心这部译诗集的出版，感谢本书责任编辑耿会芬对进度的推动和耐心。感谢专门为这部译诗集绘制佩索阿油画肖像和插画的青年艺术家郑龙一海。

这部诗选最后一首，是选自佩索阿生前出版的唯一一部葡萄牙语诗集《使命》的《雾》。神奇的是，这首诗几乎可以看做目前全球陷入大困局的某种预言，只要把“葡萄牙”改为“世界”，就会看到某种酷似。佩索阿心中挥之不去的“不确定”，今天前所未有地放大并且覆盖了一切——

……

陷入不幸的葡萄牙

这片暗淡的土地——

它的光辉既不明亮，也不热烈，
如无焰鬼火。

没人知道他想要什么，
没人了解自己的灵魂，
……
哦，葡萄牙，今天你是一团雾……

墨西哥诗人奥克塔维奥·帕斯提到《使命》时有一种替佩索阿难过的口吻，似乎佩索阿作品中对祖国的爱并非发自肺腑，因为这组诗是为一场诗歌比赛而写的。但这首诗透露的忧虑何其深切，绝非敷衍。此时此刻，我们不也一样，忧心忡忡看着我们这颗星球，看着我们自己吗？

2020-8-21

参考书目

A Little Larger Than the Entire Universe：Selected Poems，ed.and tr. Richard Zenith，Penguin Books,2006

The Collected Poems of Alberto Caeiro， tr.Chris Daniels，Shearsman Books，2007

The Collected Poems of Alvaro de Campos Vol.2，tr.Chris Daniels，Shearsman Books，2009

图书在版编目（CIP）数据

每天都在悲欣交集中醒来 ：费尔南多・佩索阿诗选 /（葡）费尔南多・佩索阿（Fernando Pessoa）著 ；杨子译. -- 长沙 ：湖南文艺出版社，2020.9（2023.2重印）

（诗苑译林）

ISBN 978-7-5404-9744-6

Ⅰ. ①每… Ⅱ. ①费… ②杨… Ⅲ. ①诗集－葡萄牙－现代 Ⅳ. ①I552.25

中国版本图书馆CIP数据核字(2020)第133802号

每天都在悲欣交集中醒来：费尔南多・佩索阿诗选

MEI TIAN DOU ZAI BEIXIN JIAOJI ZHONG XINGLAI : FEIERNANDUO PEISUOA SHIXUAN

著　　者：〔葡〕费尔南多・佩索阿
译　　者：杨　子
出 版 人：陈新文
责任编辑：耿会芬
整体设计：天行健设计
内文排版：钟灿霞

出版发行：湖南文艺出版社
（长沙市雨花区东二环一段508号 邮编：410014）
网　　址：http://www.hnwy.net
印　　刷：长沙超峰印刷有限公司
经　　销：新华书店
开　　本：880mm×1230mm 1/32
印　　张：11.5
字　　数：198千字
版　　次：2020年9月第1版
印　　次：2023年2月第2次印刷
书　　号：ISBN 978-7-5404-9744-6
定　　价：56.80元